遠藤周作

海と毒藥

•

바다와 독약

창비세계문학

28

바다와 독약

엔도오 슈우사꾸

박유미 옮김

창비

차례

•

일러두기

1. 이 책은 遠藤周作 『海と毒藥』(新潮社 1960)를 번역 저본으로 삼았다.
2. 본문 중의 각주는 옮긴이의 것이다.
3. 외국어는 가급적 현지 발음에 준하여 표기하되, 일부 우리말로 굳어진 것은 관용을 따랐다.

제1장
바다와 독약

한창 더위가 기승을 부리던 8월에 니시마쯔바라西松原 주택지로 이사했다. 주택지라고는 하나 토지회사가 제멋대로 정했고, 신주쿠新宿에서 전철로 한시간이나 걸리는 곳이어서 입주한 세대는 얼마 되지 않았다.

역 앞으로는 국도가 쭉 뻗어 있었다. 햇볕이 거리를 뜨겁게 내리쬐고 있었고, 어디에서 오는지 알 수 없지만 자갈을 실은 트럭이 자주 다녔다. 수건을 목에 두른 젊은 인부가 트럭 위에서 유행가를 불렀다.

울면서는 차마 올리지 못할 출항의 닻.

과연 사나이, 웃으며 닻을 올리네.

트럭이 지나갈 때마다 누런 흙먼지가 뿌옇게 일었고 먼지가 걷
히면 길 양편에 늘어선 몇몇 상점이 서서히 모습을 드러냈다. 오른
쪽에는 담배가게와 정육점, 그리고 약국이, 왼쪽에는 메밀국숫집
과 주유소가 늘어서 있었다. 이런, 양복점도 있다는 걸 깜박했다.
양복점은 주유소에서 오십 미터 정도 떨어진 곳에 외따로 서 있었
는데 왜 이런 외진 곳을 택했는지는 모르겠다.

트럭이 일으키는 먼지 때문에 페인트로 '신사복 맞춤'이라고 쓴
글자와 쇼윈도우의 유리가 죄다 희뿌옇게 되었다. 쇼윈도우 안에
는 살색 인형의 상반신이 놓여 있었는데 수상한 위생박람회 같은
데서 흔히 진열되곤 하는 백인 남자 인형이었다. 붉게 칠해진 머리
는 원래 금발을 의도한 것일 게다. 높은 코와 푸른 눈을 가진 그 인
형은 온종일 알 수 없는 미소를 짓고 있었다.

이곳으로 이사한 이래 비가 오지 않는 날들이 이어지고 있다. 메
밀국숫집과 주유소를 잇는 밭은 죄다 쩍쩍 갈라졌고, 물기 없이 말
라버린 옥수수 뿌리 틈에서는 귀뚜라미가 괴로운 듯 헐떡이며 메
마른 소리로 울었다.

"이렇게 푹푹 찌니 탕에라도 들어가고 싶은데." 아내가 말했다.
"목욕탕이 너무 머네요."

공중목욕탕은 역에서 삼백 미터 정도 국도를 거슬러올라가는
곳에 있다고 한다.

"목욕탕도 목욕탕이지만 의사는 없나? 나는 매주 한번 기흉 치료를 받아야 하는데 말이지──"

이튿날, 아내가 의원을 찾았다고 했다. 목욕탕 근처에서 내과라고 쓰인 간판을 보았다는 것이다. 작년에 회사에서 실시한 단체검진에서 왼쪽 폐 위에 콩알만 한 구멍이 발견되었다. 다행히 늑막이 유착되지 않아서 갈비뼈를 자르지는 않았지만, 이곳으로 오기 전에 살았던 쿄오도오經堂의 의사에게서 반년 동안 기흉 치료를 받아온 터라 이사 후에 바로 치료를 대신해줄 의사를 찾아야 했다.

아내가 가르쳐준 스구로勝呂라는 의원을 찾아가보았다. 여름 석양빛이 공중목욕탕 유리창에 반사되어 빛나고 인근의 농부 가족이 목욕하러 왔는지 목욕물 끼얹는 소리, 통을 바닥에 부닥뜨리는 소리가 희미하게 들렸다. 내게는 그 소리가 매우 행복하게 들렸다. 의원은 목욕탕 뒤쪽으로 빨갛게 익은 토마토밭을 사이에 두고 있어서 곧 눈에 띄었다.

의원이라고는 하나 보잘것없고 거친 시멘트 집이었다. 울타리다운 울타리도 없었고, 햇볕에 힘없이 처진 갈색 관목이 토마토밭과의 경계를 이루고 있었다. 아직 해가 지지 않았는데도 덧문이 단단히 닫혀 있었고 마당에는 아이의 더러운 빨간 장화 한켤레가 나뒹굴고 있었다. 입구에 초라한 개집이 놓여 있었으나 정작 개는 보이지 않았다. 초인종을 몇번이나 눌렀는데도 아무도 나오지 않아 마당 쪽으로 가보았다. 그때 덧문이 조금 열리며 하얀 진찰복 차림의 남자가 얼굴을 내밀었다.

"누구요?"

"환자인데요."

"무슨 일이오?"

"기흉 치료를 받고 싶어서요."

"기흉?"

의사는 마흔 정도 되었을까, 조금 나이 들어 보이는 남자였다. 그는 줄곧 오른손으로 턱을 만지작거리면서 나를 물끄러미 바라보았다. 석양빛을 등지고 있어서인지 덧문이 닫힌 방은 몹시 어두웠고 그 어두운 그림자 속에서 남자의 얼굴은 묘하게 부어오른 채 검푸른빛을 띠고 있다.

"그동안 진찰은 받았소?"

"네. 반년 정도 공기 주입 치료를 받았습니다."

"엑스레이 사진은?"

"집에 두고 왔는데요."

"엑스레이 사진 없으면 진찰 못하오."

의사는 그렇게 잘라 말하고는 다시 덧문을 닫아버렸다. 나는 잠시 그대로 우두커니 서 있었으나 집 안에서는 아무 소리도 들리지 않았다.

나는 그날밤 아내에게 "이상한 의사라니까. 그 사람은 정상이 아니야"라고 했다.

"환자를 고르는 거겠죠."

"그럴지도 모르지. 게다가 말투에 묘한 사투리가 섞여 있어. '엑스레이 사진 읎으면'이라고 한 걸 보면 토오꾜오東京에서 오래 산 사람이 아니야. 어디 다른 지방에서 왔을 거야."

"어쨌든 적당한 날 기흉을 치료받고 큐우슈우九州에 다녀오세요. 9월의 동생 결혼식이 얼마 남지 않았어요."

"응, 알았어."

그렇지만 나는 다음날에도 그다음 날에도 스구로 의원에 가지 않았다. 왼쪽 폐의 공기가 조금씩 줄어들어 점점 숨 쉬기가 힘들어졌지만, 그 의사가 몸에 주삿바늘을 꽂을 걸 생각하니 어쩐지 불안했기 때문이다.

기흉은 보통 가슴 옆쪽에 굵은 주삿바늘을 꽂는다. 바늘에 달린 고무관을 통해 공기를 집어넣어 폐의 구멍을 조금씩 메우는 치료법이다. 내가 이 치료를 꺼리는 것은 몸에 바늘을 꽂아서가 아니라 그 자리가 겨드랑이 바로 밑이기 때문이다. 겨드랑이 아래쪽은 평생 팔에 가려지는 부분이다. 팔을 치켜든 채 주삿바늘 꽂히길 기다리는 동안엔 왠지 옆구리에 감도는 섬뜩한 냉기가 느껴진다. 그 냉기에는 팔을 들어올려 자신의 몸을 무방비 상태로 둘 수밖에 없는데서 오는 불안이 섞여 있는 것 같다.

오랫동안 치료해준 의사가 꽂는 것도 싫은 터에 낯선 초면의 의사는 더욱 불안을 가중시켰다. 서툰 의사한테 잘못 걸리면 자연기흉이라는 돌발사태가 일어날 수 있다. 자연기흉을 일으키면 환자는 질식하게 된다. 나는 덧문을 열고 내민 스구로 의사의 어딘지 부어 보이는 검푸른 얼굴과 어둡고 음산한 방이 떠올라 왠지 가고 싶은 마음이 들지 않았다.

그렇다고 해도 언제까지나 치료를 미룰 수만은 없었다. 처제의 결혼식이 보름 후 큐우슈우의 F 시에서 있기 때문에 임신 중인 아내를 대신해 가야 했다. 양친이 없는 처제에게 아내는 유일한 혈육이었다.

엑스레이 사진을 가지고 가야지, 가야지 하고 벼르는 사이에 이삼일이 금세 지났다.

이삼일 후 처음으로 주택지의 공중목욕탕에 갔다. 토요일 오후 2시경 회사에서 집으로 돌아오다 길에서 트럭이 일으킨 먼지를 온통 뒤집어썼던 것이다.

아직 시간이 일러서인지 사람은 별로 없었고 여우 같은 얼굴을 한 남자가 욕조 가장자리에 몸을 기댄 채 턱을 괴고 있었다. 그는 이쪽을 잠시 바라보더니 말을 걸어왔다.

"목욕은 이 시간만 한 때가 없지."

"네?"

"목욕하기엔 이 시간이 좋다고. 더 늦은 시간에는 동네 아이들이 물을 더럽히니까. 그 녀석들이 탕 안에서 오줌을 싸대니 미칠 노릇이지."

몸을 숨기듯 구석에서 가는 팔과 깡마른 가슴팍을 씻던 나는 이 남자가 역 근처 주유소 주인임을 알아차렸다. 평소에는 허리춤에 밴드가 있는 흰 작업복 차림으로 호스 같은 것을 들고 있었기 때문에 얼른 알아보지 못했던 것이다. 여탕 쪽에서 아이 울음소리가 들려왔다.

그는 큰 소리를 내며 욕조에서 나왔다. 벽면 거울에 여우 같은 얼굴이 비쳤다.

그는 "으샤!" 하고 소리를 내더니 통 위에 앉아 긴 다리를 씻기 시작했다.

"자네 이곳에 온 지 얼마 안되었지?"

"일주일째입니다. 앞으로 잘 부탁드립니다."

"무슨 일을 하는가?"

"못 도매상에서 일하고 있습니다."

"회사는 토오꾜오에 있나? 여기서 토오꾜오까지 다니기가 쉽지 않을 텐데."

나는 속옷 자국이 희멀겋게 남아 있는 그의 가슴을 슬쩍 바라봤다. 갈비뼈가 조금 튀어나와 있었지만 골격은 단단한 몸이었다. 나처럼 허약한 남자는 다른 남자의 체격에 항상 열등감을 느끼곤 한다. 그의 오른쪽 어깨에는 직경 십 쎈티 정도의 화상처럼 보이는 상처가 있었는데 오그라든 살갗이 마치 칸나 꽃잎 같은 모양을 하고 있었다.

"부인이 임신한 것 같던데."

"아, 네."

"요전에 역 부근을 걸어가는 걸 봤는데 상당히 힘들어하더군."

"이 근처에 좋은 의사가 있습니까?"

나는 스구로 아닌 다른 의사를 찾아보고 싶었다. 내 가슴은 어떻든 간에 이제 슬슬 아내의 몸도 생각해야 했다.

"스구로 의원이 바로 가까이에 있잖나."

"그 의사 선생, 실력이 괜찮나요?"

"나쁘지 않다고들 하던데. 말이 없고 조금 별난 데가 있긴 하지만."

"별나 보이기는 하더군요."

"진료비도 그리 까다롭게 하지 않고 말이야. 치료비를 안 내도 아무 소리 안하거든."

"어제 가보니 덧문을 달아놓고 있던데요."

"그거야 뭐, 부인이 아이를 데리고 토오꾜오로 가버려서일 거야. 부인이 예전에 간호사였다더군."

"여기서 산 지 오래되었나요?"

"누가?"

"그 의사 선생 말이에요."

"그렇지는 않을 걸세. 나보다는 오래된 것 같지만."

그의 발밑에서 뿌연 땟물이 흘러나왔다. 몸을 문지르고 있는 그의 오른팔이 자꾸만 내 얼굴에 닿았다. 벌겋게 달아오른 그의 몸뚱이는 비누칠을 하자 길고 가는 풍선처럼 빛나기 시작했다. 부러웠다. 아까 본 오른쪽 어깻죽지 부분의 화상자국이 약간 허옇게 불어난 듯 보였다.

"화상입니까, 그건?"

"뭐? 아, 이거. 박격포라네. 중국에서 짱꼴라한테 당했어. 명예로운 부상이지."

"아팠겠습니다."

"아팠지, 아팠고말고. 시뻘겋게 달군 쇠몽둥이로 마구 얻어맞은 느낌이라고나 할까. 그런데 자네는 군대 갔다 왔나?"

"전쟁이 끝나기 전— 잠깐요. 바로 돌아왔어요."

"그래? 그럼 짱꼴라의 박격포 소리를 모르겠군. 슝, 슝, 슝 해대는 것 말이야."

난 배치받았던 톳또리鳥取의 부대를 떠올렸다. 어두컴컴한 내무반에는 주유소 주인처럼 여우 같은 얼굴을 한 이들이 여럿 앉아 있었다. 우리 신병을 괴롭힐 때면 코끼리처럼 가늘게 찢어진 그들의 눈은 마치 웃고 있는 것처럼 보였다. 그들은 지금 어딘가에서 주유소 주인이 되어 있는지도 모른다.

"중국에서는 정말 좋았지. 여자들과 마음껏 즐겼으니 말이야. 반항하는 놈이 있으면 나무에 묶어놓고 돌격연습도 했고."

"여자를요?"

"아니, 남자 말이야."

그는 머리에 비누칠을 하고서 내 쪽으로 얼굴을 돌렸다. 나의 희고 깡마른 가슴과 가느다란 팔을 처음 보았는지 이상야릇한 눈빛을 지었다.

"자네, 야위었군. 그런 팔로는 사람을 찌를 수조차 없겠어. 군인으로서는 낙제야. 나는 말이지……"라고 말을 꺼내더니 입을 다물었다. "……하기야 나쁜만 아니라 중국에 갔던 치들은 대개 한두명은 죽였을 거야. 거 왜 있잖아, 우리 주유소 근처에 있는 양복점, 그 사람도 난징南京에서 꽤나 난폭하게 굴었던 모양이야. 헌병이었다니 오죽했겠어?"

어딘가 라디오에서 유행가가 흘러나왔다. 미소라 히바리美空ひばり의 목소리였다. 여탕에서는 아이가 또 울어댔다.

몸의 물기를 닦고서 그에게 "먼저 실례하겠습니다"라고 말하고는 탕을 나왔다. 탈의실에서 한 남자가 등을 돌린 채 셔츠를 벗고 있었다. 스구로 의사였다. 그는 눈을 깜빡이며 나를 바라보더니 바로 시선을 돌렸다. 요전번의 일을 기억하고 있는지 어떤지는 알 수 없었다. 오후의 햇살이 닿은 그의 이마에는 작은 땀방울들이 맺혀 있었다. 나는 토마토밭 가운데를 지나 집으로 향했다. 여기저기서 메마른 소리로 울어대는 귀뚜라미의 노래를 들으니 아주 숨이 막혔다.

양복점 앞을 지날 때 문득 주유소 주인의 이야기가 떠올라 발을 멈췄다. 쇼윈도우에는 여전히 희뿌연 먼지가 덮여 있었다. 가게 안에서 남자가 고개를 숙이고 재봉틀을 돌리고 있었다. 광대뼈가 튀어나왔고 눈이 푹 꺼진 남자였다. 정말 이 사람이 난징에서 헌병이었을까? 하지만 자세히 보니 극히 평범한 얼굴이었다. 나는 톳또리 부대 내무반의 고참이나 전우들 가운데서 이런 촌스러운 얼굴을 자주 보았었다.

"무슨 볼일이라도?"

"아니, 너무 더워서요." 나는 당황했다. "고생이 많으시네요. 일하는 중이신가요?"

"아니라오." 그는 뜻밖에도 붙임성 있게 웃었다. "이런 변두리에서는 일이랄 게 좀처럼……"

쇼윈도우의 인형은 여전히 알 수 없는 공허한 미소를 띠고서 푸른 두 눈으로 한곳만을 줄곧 응시하고 있었다.

모처럼 목욕탕에 간 보람도 없이 다시 땀범벅이 되어 집으로 돌아왔다. 아내가 나온 배를 두 손으로 감싼 채 툇마루에 앉아 있었다.

"여보, 스핑크스 알지?"

"뭔데요, 그게?"

"저기 옥수수밭 근처에 양복점이 있잖아. 거기 쇼윈도우에 인형이 있거든. 석양을 받으면서 엷은 미소를 띠고 있는 그 인형을 보니 이집트 사막의 스핑크스가 생각나서 말이야."

"쓸데없는 생각 말고 빨리 병원이나 다녀오세요."

아내가 심하게 잔소리를 해대 그날 해 질 녘에 엑스레이 사진을 들고 스구로 의원을 찾아갔다. 여전히 덧문은 닫혀 있었고 마당에 아이의 장화가 나뒹굴고 있었다. 개집도 그대로 비어 있었다. 부인이 없는 동안 스구로 의사는 혼자서 자취하고 있는 듯했다.

집 안이나 진찰실에 환자들의 체취인지 약냄새인지 알 수 없는 때에 찌든 듯한 이상한 냄새가 가득했다. 창을 가린 하얀 커튼은 한가운데가 찢어졌고 햇볕에 반쯤 바래어 있었다. 나는 스구로 의사의 진찰복에서 작은 혈흔을 발견하고 꺼림칙해졌다.

금이 간 썰렁한 침대에 누워 있는 동안 그는 엑스레이 사진을 눈 높이까지 쳐들고는 눈을 깜박거리며 들여다보았다. 커튼 사이로 비쳐든 햇살이 그의 부어오른 얼굴을 비추고 있었다.

"이전의 의사 선생님은 공기를 400cc 주입했었습니다."

스구로 의사는 아무 대꾸도 하지 않았다. 나 역시 그가 책상 서랍에서 기흉 바늘이 든 유리병을 꺼내 끝부분의 구멍을 살피고 고무관에 연결한 후 마취제가 든 주사기를 손에 쥐는 것을 물끄러미 바라보았다. 털이 난 굵은 손가락이 마치 감자벌레처럼 움직였다. 그 손가락 끝에는 검은 때가 끼어 있었다.

"팔을 들어올리시오." 그가 낮은 소리로 지시했다.

그의 손가락이 내 옆구리의 늑골과 늑골 사이를 더듬었다. 바늘을 찌를 부위를 확인하는 것이었다. 그 감촉에는 금속과 같은 싸늘한 냉기가 배어 있었다. 아니, 냉기라기보다는, 나를 환자로서가 아니라 뭔가 실험체라도 다루는 듯한 정확함과 비정함이었다.

환자의 본능으로 '이전 의사의 손끝과는 감촉이 다르다'라고 느낀 나는 돌연 겁이 났다. '그 손이 더 따스했는데.'

그때, 가슴에 바늘이 꽂혔다. 늑막과 흉곽 사이로 바늘이 미끄러져 들어오는 것이 분명히 느껴졌다. 대단한 솜씨였다.

"읍!" 하고 나는 힘을 주었다.

스구로 의사는 그 소리가 들리지 않는지 창밖만 바라보았다. 그는 나 같은 사람이 아니라 다른 일을 생각하고 있는 듯했다.

말이 없는 약간 별난 의사라고 주유소 주인이 이야기했지만 어쨌든 스구로 의사는 좀 이상한 구석이 있었다.

"무뚝뚝한 거네요. 그거예요. 그런 의사 흔하잖아요." 아내가 말했다.

"그런가? 아무튼 이런 변두리 의사치고는 기흉 바늘 꽂는 것이 아주 능숙해. 왜 이런 데서 사는 걸까."

기흉 바늘을 환자 가슴에 꽂는 것은 대수롭지 않아 보이지만 실은 꽤 까다로운 일이라고, 쿄오도오에서 치료해주던 의사에게 들은 적이 있다.

"젊은 인턴에게는 시키지 않아요. 바늘을 제대로 꽂는다면 결핵 치료에 상당히 숙련된 의사라 할 수 있지요."

예전에 오랫동안 요양소에 근무했다는 그 나이 많은 의사는 어느날인가 그렇게 차근차근 설명해주었다. 바늘이 새것이면 통증이 적지만 끝이 닳은 바늘을 두꺼운 늑막 속에 재빠르게 찔러넣기 위해서는 힘 조절이 필요하다. 때로는 자연기흉을 유발할 수도 있다고 앞에서 언급했지만 그런 돌발상황까지 가지 않더라도 한번에 바늘을 적당한 부위까지 찔러넣지 못하면 환자가 고통을 받기 마련이다.

내 경험으로 봐서도 쿄오도오의 그 의사조차 한달에 한두번은 늑막 부근에서 바늘을 멈추고는 다시 찌르는 일이 있었다. 그럴 때는 가슴이 쪼개질 듯한 극심한 통증이 스쳐갔다.

스구로 의사에게는 그런 일이 한번도 없었다. 그는 바늘을 단번에 재빨리 늑막과 폐 사이에 찔러넣고 거기에서 정확히 딱 멈추었다. 아무런 통증도 없었다. 눈 깜짝할 사이에 끝나버렸다. 만일 쿄오도오의 의사가 말한 대로라면 검푸르게 부어오른 얼굴의 이 남자는 어딘가에서 상당히 오랫동안 결핵을 치료했을 것이다. 그런 의사라면 굳이 사막과 같은 이런 곳에 오지 않아도 되었을 텐데 왜 이런 곳으로 왔는지 이해가 되지 않았다.

하지만 그런 능숙한 솜씨에도 불구하고 나는 그가 불안하게 느껴졌다. 불안하다기보다는 싫었다. 내 늑골을 더듬을 때마다 닿는 손가락의 딱딱한 감촉, 금속에 닿은 듯한 서늘한 그 느낌에는, 뭐라 표현할 수는 없지만 환자의 생명 본능을 위협하는 뭔가가 있었다. 나는 그것이 감자벌레 같은 굵은 손가락의 움직임 때문일 거라고 생각했지만 꼭 그 때문만은 아닌 것 같았다.

여기로 이사 온 지 한달 가까이 지났다. 9월 하순에 처제 결혼식이 있어서 큐우슈우에 가야 한다. 아내의 아랫배는 눈에 띄게 불러왔다.

"옆으로 불러오는 것을 보니 여자아이인지도 모르겠어요." 아내는 배냇저고리를 볼에 대면서 기쁜 듯 종알거렸다. "찬다니까요. 이따금 배를 차는 거 있죠."

주유소 주인은 변함없이 흰 작업복을 입고 주유기 앞을 돌아다녔다. 출근길에 그에게 인사를 건네기도 하고 이따금 멈춰서서 잡담을 나누기도 했다. 목욕탕에서는 그 말고 양복점 주인을 만나는 일도 있었다. 이제 병만 나으면 진짜 행복하겠다는 생각이 들었다. 아이도 생기고 작지만 집도 생겨 지극히 평범할지 모르나 그것으로 충분했다.

그런데 스구로 의사만은 이상하리만큼 내 호기심을 자극했다. 부인이 아직 돌아오지 않았는지 여전히 덧문이 굳게 닫혀 있었다. 마당에 떨어져 있던 아이의 빨간 장화는 개가 물어갔는지 어느 순간 사라지고 없었다.

그러던 어느날 그에 대한 아주 작은 정보 하나를 손에 넣게 되었다. 다섯번째 기흉 치료를 받던 날, 순서를 기다리던 나는 현관에 놓인 오래된 주간지 사이에서 F 의대 졸업생 명부라고 적힌 작은 책자를 발견했다. 스구로라는 성씨는 드물기 때문에 그의 이름을 금방 확인할 수 있었다. 나를 더욱 놀라게 한 건 그 의대가 있는 F 시가 9월 말에 처제 결혼식이 있어 가게 되는 도시라는 사실이었다.

"그 사투리 말이야, 큐우슈우의 F 시 사투리였어." 나는 아내에게 알려주었다.

"무슨 사투리요?"

"거 왜 있잖아, 병원에 처음 간 날 엑스레이 사진을 잊어먹고 갔더니, '엑스레이 사진 읎으면'이라고 했다 그랬잖아."

아내와 나는 토오꾜오 태생이라 그것이 정말 F 시 사투리인지는 알 수 없었다. 하지만 그 발음이 너무나 우스꽝스러워서 우리는 웃음을 터뜨렸다.

"그 의사 마누라는 도망간 게 아닐까?" 목욕탕에서 주유소 주인이 생각에 잠겼다. "그러고 보니 전에 있던 간호사를 건드렸다는 말이 있었어."

"확실히 이상한 사람이군요."

"이상한 구석이 있기는 하지만 나로선 좋은 점도 있어. 작년에 우리 애가 아파서 진찰을 받았는데 아직도 진료비를 청구하지 않으니 말이야."

"도망갔다는 부인은 어떤 사람입니까?"

"글쎄, 남편을 닮아서 혈색이 좋지 않은 여자였지. 거의 얼굴도 보이지 않았고 역 쪽으로 나오는 일도 없어서……"

기흉 치료를 받기 위해 찾아갈 때마다 스구로 의사는 내게 거의 말을 걸지 않았다. 찢어진 흰 커튼이 햇볕에 바래 점점 누레지는 것이 뻔히 보였지만 언제나 그대로였다. 환자는 농부의 아내라든가 아이들이 많았다. 그들은 현관의 계단 입구에 앉아서 환자용 신문이나 주간지를 뒤적이며 참을성 있게 순서를 기다렸다. 간호사가 없기 때문에 약을 조제하는 일도 스구로 의사가 직접 했다.

늦더위가 기승을 부리던 어느날 저녁, 나는 혼자서 국도를 어슬렁어슬렁 산책하다가 지팡이를 든 스구로 의사가 길가에 멈춰서 있는 것을 보았다. 그는 양복점의 쇼윈도우를 들여다보고 있었다.

내가 다가가는 것을 알아차린 의사는 시선을 돌리고 걷기 시작했다. 내가 고개를 숙여 인사하자 그는 그저 묵례로 답할 뿐이었다.

쇼윈도우는 여전히 트럭이 일으킨 희뿌연 먼지를 뒤집어쓰고 있었고 양복점 주인의 모습은 보이지 않았다. 붉은 머리의 하얀 인형은 엷은 미소를 띤 채 이쪽을 바라보고 있었다. 스구로 의사가 멈춰서서 물끄러미 바라본 것은 이 스핑크스였다.

9월 말에 나는 길고 지루한 기차를 타고 처제의 결혼식이 거행될 큐우슈우의 F 시로 향했다.

출발 전에 가슴에 공기 넣는 치료를 받았지만 의사와 여행에 관해 상담하지는 않았다. 상담해보았자 상대방이 제대로 된 대답을 해줄 리 없었기 때문이다.

처제는 토오꾜오의 근무처에서 알게 된 회사원과 연애결혼을 하는 것이었다. 남자의 집이 F 시여서 결혼식도 여기서 하게 되었다. 친척이 별로 없는 처제로서는 참석하는 사람이 부모를 대신한 나뿐이니 창피할 것이다.

나는 F 시에 도착한 날부터 토오꾜오로 돌아가고 싶어졌다. 물의 도시라는 이야기를 듣긴 했지만 이 도시의 중심을 흘러가는 나까가와那珂川 강은 시커멓고 하수구 냄새가 났다. 그 시커먼 물 위에는 강아지 시체나 낡은 고무신이 떠 있었다. 스구로 의원의 마당과 진찰실에서 나던 냄새가 떠올랐다. 확실히 이곳 사람들의 말투에는 그 의사의 사투리가 있었다. 그에게도 이 강을 보면서 거리를 거닐던 의대생 시절이 있었을 거라 생각하니 우스꽝스러웠다.

피로연은 시내 중심가에 있는 작은 레스또랑에서 열렸다. 처제의 신랑 되는 남자는 키가 작고 선량한 인상의 쌜러리맨이었다. 나와 마찬가지로 아침에 신주꾸 역에서 전철을 기다리는 수많은 출근자 중의 한사람이었다. 머잖아 처제도 아이가 생겨 이 남자와 교외 어딘가의 싼 땅에 자그마한 집을 짓고 평범한 행복을 누릴 수 있으면 족할 것이다. 그들을 보면서 아무 일도 일어나지 않는 평범한 일상이 인간의 첫째가는 행복이라는 생각이 어렴풋이 들었다.

내 옆자리에는 신랑의 사촌형이라는 사람이 앉아 있었다. 이 사람 역시 키는 작았지만 몸이 뚱뚱했다. 명함을 받아보니 의사라고 적혀 있었다.

"F 의대를 졸업하셨습니까?" 이야깃거리가 없어 스구로 의원에서 본 소책자가 떠올라 물었다. "그러면 스구로라는 사람을 아십니까?"

"스구로…… 스구로." 상대방은 고개를 갸웃거렸다. 한두잔의 술로 그는 얼굴이 새빨개졌다.

"스구로 지로오勝呂二郎 말인가요?"

"아, 네."

"스구로를 아신당가?"

그는 빠른 F 시 사투리로 소리쳤다.

"그분에게 진찰을 받아요. 기흉 치료를 받고 있거든요."

"음, 그래요……"

그는 잠시 내 얼굴을 바라보았다.

"그럼, 그가 지금 토오꾜오에 있다는 거군요."

"스구로 선생과는 학생시절 친구 사이였습니까?"

"아니, 그 사람은…… 아실지 모르겠습니다만, 일전의 사건으로 좀……"

그는 갑자기 목소리를 낮추어 이야기하기 시작했다.

피로연이 끝나고 처제는 남편과 역으로 향했다. 나는 친척들과 함께 역까지 그들을 배웅했다. 거리에 비가 내리기 시작했다. 신혼부부가 떠난 뒤 일행은 갑자기 무료해졌다. 신랑 가족들이 음식점으로 가자고 권했지만 피곤하다는 핑계로 사양하고 여관으로 돌아왔다.

여관에는 손님이 거의 없었다. 여자 종업원이 이부자리를 펴고 나간 뒤 나는 오래도록 책상다리를 하고 앉아 피우지도 않던 담배를 몇개비나 피웠다.

잠자리에 들어 눈을 감았지만 잠을 이룰 수가 없었다. 피로연 자리에서 사촌형이란 사람이 낮은 목소리로 들려준 스구로 의사 얘기를 계속 생각했다. 빗방울이 지붕을 두드리는 소리가 들려왔다. 여관 저편에서 여종업원들이 한가로이 떠들며 웃어대고 있었다.

깜박 잠들었다가 바로 눈이 뜨였다. 어둠속에서 스구로 의사의 검푸르게 부어오른 얼굴과 감자벌레처럼 털이 무성한 손가락이 어른거렸다. 그 손가락이 닿을 때의 서늘한 감촉이 가슴에 생생히 되살아났다.

다음날에도 비가 내렸다. 비 내리는 오후에 거리로 나가 F 시의 신문사를 방문했다.

"예전 신문을 봤으면 하는데요."

접수창구의 여자는 수상쩍다는 듯이 나를 쳐다보았지만 자료과에 전화를 걸어주었다.

"언제쯤의 기사 말인가요?"

"전쟁 직후요. 전쟁 중 F 의대에서 생체를 해부한 사건에 대한 재판이 있었잖아요. 그때 기사를 좀 볼 수 있을까요?"

"소개장 가지고 오셨나요?"

"아뇨, 없습니다."

나는 삼층의 자료과 구석에서 한시간 가까이 당시 신문기사를 읽었다.

그것은 전쟁 중에 이곳 의대 의사들이 포로로 잡힌 비행사 여덟명을 대상으로 의학실험을 한 사건이었다. 실험의 목적은 주로 인간은 혈액을 얼마나 잃으면 죽는지, 혈액 대신 식염수를 얼마나 주입할 수 있는지, 폐를 잘라내면 인간은 몇시간이나 버틸 수 있는지 알기 위한 것이었다. 해부에 참여한 의료진은 열두명이었는데 그중 두명은 간호사였다. 재판은 처음에는 F 시에서, 그후에는 요꼬하마橫浜에서 열렸다. 그 피고인 명단 끝에 스구로라는 이름이 보였다. 그가 실험에서 어떤 일을 했는지는 기록되어 있지 않았다. 당사자인 주임교수는 곧 자살을 했고 피고 중 주요 가담자는 중형을 선고받았으나 세명은 징역 2년형에 그쳤다. 스구로 의사는 2년형을 선고받은 사람 중 한명이었다.

자료과 창문 너머로 오래된 솜처럼 뿌연 구름이 낮게 도시를 뒤

덮고 있는 것이 보였다. 나는 때때로 기사에서 눈을 떼고 그 어두운 하늘을 바라보았다. 신문사를 나와서 나는 거리를 걸었다. 가랑비가 비스듬히 얼굴을 적셨다. 자동차나 전차가 토오꾜오와 다를 바 없는 소음을 내며 달렸다. 비에 촉촉이 젖은 보도 위를 파란색, 빨간색 등 다양한 색깔의 레인코트를 입은 여성들이 걸어갔다. 커피숍에서는 달콤하고 간지러운 음악이 들려왔다. 에리 치에미江利チエミ[1]가 이 도시에 와 있는지 입을 벌리고 웃는 그녀의 얼굴이 영화관 벽을 장식하고 있었다.

"손님, 복권 사세요."

앞치마를 두른 부인이 길가에서 말을 걸어왔다.

왠지 몹시 피곤했다. 커피숍에 들어가 커피를 마시고 과자를 먹었다. 가게문이 열리며 아이를 데려온 아버지, 연인과 함께 온 청년이 들어오고 나갔다. 이들 중에는 주유소 주인처럼 쪼뼛한 여우 같은 얼굴도 있었고, 양복점 주인처럼 광대뼈가 튀어나온 사각턱의 촌스러운 얼굴도 있었다. 주유소 주인은 지금쯤 흰 작업복 차림으로 트럭에 기름을 넣고 있고, 양복점 주인은 희뿌연 쇼윈도우 너머에서 재봉틀을 밟고 있을 것이다. 생각해보니 그 두사람은 모두 사람을 죽인 과거가 있다. 내가 이사 온 니시마쯔바라의 고작 몇 안되는 가게 주인 중에서 내가 알고 있는 것만도 두명의 남자가 누군가를 죽인 경험이 있는 것이다. 그리고 스구로 의사의 경우도 마찬가지이다.

나는 뭐가 뭔지 알 수 없었다. 여태까지 그런 사실을 별로 개의치 않았던 것이 무척이나 이상하게 느껴졌다. 지금 문을 열고 들어온 아이의 아버지도 전쟁 중에 사람 한두명쯤 죽였을지 모를 일이다. 하지만 커피를 마시고 아이를 야단치기도 하는 그 얼굴은 더이상 살인자의 얼굴이 아니었다. 트럭이 양복점 쇼윈도우를 더럽히듯이 무수한 먼지가 그들의 얼굴에 쌓여 있었다.

나는 커피숍에서 나와 전차를 탔다. F 대 의학부는 전차 종점에 있었다. 다시 내리기 시작한 가랑비가 너른 구내에 줄지어 늘어선 회화나무를 적시고 있었다.

생체해부 수술이 행해졌다는 제1외과 병동은 바로 찾을 수 있었다. 나는 병문안 온 것처럼 가장해 삼층까지 올라갔다. 삼층까지 공동입원실이 자리하고 있는데 복도에는 소독약 냄새와 때에 찌든 악취가 떠돌고 있었다. 그건 분명 스구로 의원의 진찰실에서 나던 냄새였다.

수술실에는 가죽침대 두대가 창가에 덩그러니 놓여 있을 뿐 아무도 없었다. 나는 바닥에 쭈그리고 앉아 잠시 생각에 잠겼다. 왜 이런 곳까지 왔는지 나 자신도 알 수 없었다. 몇년 전 이 어두운 방어딘가에 검푸르게 부어오른 스구로의 얼굴이 있었을 것이라는 생각이 들었다. 난 갑자기 그를 만나고 싶은 충동에 사로잡혔다.

머리가 무겁게 죄어와 옥상으로 올라갔다. 눈 아래에는 F 시가커다란 잿빛 짐승처럼 웅크리고 있었다. 멀리 도시 저편으로 눈에 스며들 듯이 푸른빛을 발하고 있는 바다가 보였다.

토오꾜오에 돌아오니 이미 가을이었다. 물론 나는 아내에게 아무 말도 하지 않았지만, 그다음 날 해 질 무렵에 스구로 의원을 찾아갔다.

그가 기흉 바늘을 고무관에 끼우고 있을 때 나는 무심한 어조로 말했다.

"F시에 다녀왔어요."

스구로 의사는 한순간 내 얼굴을 바라보았는데 그 표정은 변함없이 우울해 보였다. 이어 그의 손가락이 내 늑골을 더듬기 시작했다. 그가 입고 있는 진찰복에는 작은 혈흔이 묻어 있었다.

"마취해주세요."

보통 나처럼 일년이나 기흉 주사를 맞아온 사람에게는 마취를 하지 않는다. 그의 손가락 끝의 싸늘한 감촉과 진찰복에 묻은 붉은 핏자국에 공포를 느껴 얼떨결에 내뱉었으나, 뱉고 나니 그 말이 생체해부를 하던 날 미군 포로가 수술대에서 애원하며 했던 말이라는 데 생각이 미쳤다.

해 질 녘이어서인지 아니면 빈틈없이 커튼을 쳤기 때문인지 진찰실은 평소와 달리 점점 더 어둡게 느껴졌다. 공기를 폐로 보내는 소리가 산소조절 물통에서 들려왔다. 내 이마에는 땀이 배었다.

바늘이 빠져나가자 정말 이제 살았구나 하는 생각이 들었다. 스구로 의사는 등을 돌린 채 진료기록카드에 뭔가를 적어넣더니, 갑자기 눈을 깜박이며 지친 듯한 낮은 목소리로 중얼거렸다.

"어쩔 도리가 없었으니까. 그때도 그랬지만 앞으로도 자신이 없어. 앞으로도 같은 상황에 처한다면 난 또 그렇게 할지 몰라……그 짓을 말이야."

병원에서 나와 천천히 국도를 걸었다. 쭉 뻗은 국도는 끝없이 이어질 것만 같았다. 저 앞에서 트럭이 자욱한 먼지를 일으키며 이쪽으로 다가왔다. 나는 양복점 쇼윈도우 그늘에 들어가 트럭이 지나가기를 기다렸다. 인형은 파란 눈으로 한 점을 응시한 채 입가에 미소를 띠고 있었다.

"아침엔 네 발, 점심에는 두 발, 저녁엔 세 발인 것은 무엇인가……그것은 인간입니다."

나는 그때 어린 시절에 들었던 스핑크스의 수수께끼를 떠올렸다. 앞으로 스구로 의사에게 가야 할지 말아야 할지를 생각했지만……

I

"교수님 회진은 몇시로 바끼다 캤노?"

"3시 반일 끼다."

"또 회의가?"

"응."

"한심한 세상이데이. 모두 그렇게들 의학부장이 되고 싶은가?"

1월의 거친 바람이 깨진 창을 울리고 있었다. 폭풍에 대비해 유리창에 붙여둔 종이가 바람에 약간 벗겨져 바스락바스락 소리를 냈다. 제3연구실은 병동의 북쪽에 있어서 이제 오후 2시 반이 막 지났을 뿐인데도 해 질 녘처럼 어둡고 썰렁했다.

토다戶田는 책상 위에 신문지를 펼쳐놓고 약용 포도당을 날이 무뎌진 메스로 깎고 있었다. 조금 깎다가 멈추곤 했는데 그때마다 그는 손바닥에 묻은 하얀 가루를 아까운 듯 핥았다. 병동이 쥐 죽은 듯 조용해졌다. 일층의 공동입원실 환자도 이층의 특실 환자도 3시까지는 절대 안정을 취하기 때문이었다.

스구로는 누런 가래 덩어리를 백금선으로 유리판 위에 펴서 푸른 가스불 위에서 말렸다. 가래가 타는 역겨운 냄새가 코를 자극했다.

"쳇, 가벳액이 모지라네."

"뭐?"

"가벳액이 모지란다꼬."

스구로는 같은 연구생인 토다와 이야기할 때는 언제나 서투른 칸사이關西 사투리를 썼다. 학생시절부터 어느 순간 두사람 사이에는 그런 습관이 생겼다. 예전에는 그것이 자신들의 우정을 암묵적으로 증명하는 암호이기도 했다.

"그 가래, 누구 낀데?"

"아지매—"라고 대답하고 스구로는 얼굴을 붉혔다. 토다가 하얀 포도당 가루가 묻은 입가에 조소를 띠며 자신을 바라보고 있음을 느꼈기 때문이다.

"뭐라꼬? 아직도 니……" 토다는 짐짓 놀란 듯이 목소리를 높이며 말했다. "그만두어라. 언제까지 그런 무료진료 환자를 돌볼 낀데?"

"돌봐주는 거 아이다."

"어쨌건 죽을 환자 아이가. 가쎗액이나 축낼 뿐이라꼬—"

그럼에도 스구로는 눈을 깜박이면서 가래를 염색하기 시작했다. 불에 달구어진 가래가 유리판 사이에서 달걀부침의 가장자리처럼 갈색으로 눌어붙었다. 그것을 바라보며 스구로는 흙빛으로 쭈글쭈글해진 그녀의 야윈 팔을 떠올렸다. 토다가 말한 대로였다. 그녀는 이제 열달도 살지 못할 것이다. 매일 아침 악취로 가득한 공동입원실에 갈 때마다 때에 찌든 이불에 누워 있는 아주머니의 눈에서 점점 빛이 사그라지는 것을 진작부터 느끼고 있었다.

그녀는 살던 곳이 공습으로 불타자 여동생을 찾아 이 도시로 온 환자였다. 하지만 동생과 그 가족들은 이미 행방불명이 된 상태였다. 결국 경찰에 의해 이 대학병원에 무료진료 환자로 보내져 제3병동의 공동입원실에 누워 있게 되었다. 이미 양쪽 폐가 절반 이상 기능을 하지 못하기 때문에 손쓸 방법이 없었다. 책임자인 하시모또橋本 교수는 벌써 오래전에 치료를 포기한 상태였다.

"잘하면 살아날 수 있지 싶어가."

"그럴 리 없다 아이가." 토다는 돌연 참을 수 없다는 듯 목소리를 높였다. "쓸데없는 감상은 치아뿌라. 겨우 한사람 살려가 우짤 낀데. 공동입원실에도 특실에도 가망 없는 사람 천지다. 우째 아지매한테만 집착하는 기고?"

"집착 아이다."

"아지매가 니 어마이라도 닮았나?"

"그런 거 아이다."

"니, 물러터짓구나. 언제까지 그리 가시나 같은 감상에 빠져 있을 낀데?"

그런 이야기를 듣자 스구로는 한편으로 불끈하면서도 비밀을 들키기라도 한 듯 무심코 얼굴을 붉히며 유리판을 선반 뒤쪽에 던지듯 집어넣었다.

그는 자신의 기분을 어떻게 토다에게 설명해야 좋을지 알 수 없었다. '그 사람은 내 첫 환자라서 남달리 생각한다'라고 말하는 것이 부끄러웠다. '매일 아침 공동입원실에서 누레진 아주머니의 머리를 차마 볼 수 없고, 닭발처럼 마른 손을 보는 게 괴롭다'라고 털어놓는 게 부끄러웠다. 그렇게 말하면 토다는 분명 비꼬면서 가시돋친 말을 쏟아낼 것이다. 그런 연민은 이 세상은 물론 의사에게도 아무 도움이 되지 못하며 오히려 해가 될 뿐이라고 하겠지.

"모두 죽어나가는 세상 아이가." 토다는 포도당을 신문지에 싸더니 책상 속에 넣었다. "병원에서 죽지 않더라도 매일밤 공습으로 죽어가는 거야. 아지매 한사람 불쌍타 캐봤자 전혀 소용없는 기다. 그보다는 폐결핵을 고칠 새로운 치료법에 대해 생각해라."

토다는 벽에 걸어둔 진찰복을 걸치고는 마치 동생을 타이르는 형과 같은 미소를 짓더니 방을 나갔다.

벌써 3시다. 안정을 취하는 시간이 끝난 듯 병동 복도에서 간호사들의 분주한 발소리가 들리기 시작했다. 밥을 직접 해먹는 환자들이 수돗가에서 식사 준비하는 소리가 들려왔다. 깨진 창 사이로 크림색으로 빛나는 자동차가 대학 구내로 천천히 들어오는 것이 보였다. 제2외과 정문에 멈춰선 그 차에 국민복 차림의 작고 뚱뚱한 체격의 남자가 군의관 한명을 거느리고 올라탔다. 문이 닫히자 차는 미끄러지듯 달리기 시작하더니 납빛 도로 저편으로 점차 사라져갔다. 인적 없는 해 질 녘의 대학교에서 본 그 당당한 움직임은 확실히 이 어두운 연구실이나 초라한 병실, 그리고 병실에 누워 있는 환자들과는 다른 세상의 일처럼 여겨졌다.

'저 사람들은 곤도오權藤 교수와 코보리小堀 군의관이잖아. 그렇다면 회의는 벌써 끝났다는 건데.' 그런 생각이 들자 스구로는 다시 우울해졌다. '회의가 아무 탈 없이 잘 진행되었다면 다행이지만 그렇지 않다면 하시모또 교수가 또 우리에게 한바탕 해대겠지.'

한달 전에 스구로가 근무하고 있는 대학의 오오스기大杉 의학부장이 서부군 사령부의 군의관, 문부성의 관리와 회의하던 중 뇌일혈로 쓰러졌다. 회의 도중 이 노인은 약간 비틀거리며 화장실로 갔다. 뭔가 부딪히는 것 같은 둔탁한 소리를 듣고 사람들이 달려가보니 그는 수세식 화장실에 달린 쇠사슬을 붙잡은 채 위를 향한 자세로 벽에 기대고 있었다.

그로부터 일주일이 지난 어느날 교정에서 치러진 의학부 장례식을 스구로는 기억한다. 흐리고 추운 오후였다. 바다에서 불어온 바람이 회오리처럼 교정의 검은 흙먼지와 신문지를 말아올리면서 천막을 때려댔다. 그 천막 앞에 서부군 고위장교가 하얀 장갑을 끼고 군도軍刀 자루를 쥔 채 다리를 벌리고 의자에 앉아 있었다. 그 옆에 늘어선 교수들은 볼품없는 국민복을 입고 있어서인지 모두 씁쓰레하고 지친 표정에 앙상하고 초라해 보였다. 한 장교가 고인의 영정 앞에서 길고 긴 연설을 하며 의학생이 신하로서 지켜야 할 도리와 실천을 말하기 시작했다.

의국의 일개 연구생에 불과한 스구로도 매일 하시모또 교수의 초조한 표정을 볼 때마다 부장 자리를 둘러싸고 의학부 교수들이 동요하고 있음을 어렴풋이 느낄 수 있었다. 이 무렵 하시모또 교수는 회진 때 괜히 의국 직원들에게 역정을 내거나 무료진료 환자를 야단치곤 했다.

토다의 표현에 의하면 대부분의 교수들은 제2외과 부장인 곤도오 교수 세력 쪽으로 '설복당해 넘어갔다'고 한다. 사실 나이로 보나 경력으로 보나 토다와 스구로의 상관인 하시모또 교수가 의학부장직을 이어받는 것이 당연하게 여겨졌다. 그런데 그 당연한 이야기가 뒤집히기 시작한 것은 곤도오파가 F 시에 주둔하고 있는 서부군과 결탁하여 미리 손을 썼기 때문이다. 이 역시 토다의 이야기지만 곤도오 교수는 자신이 의학부장이 되면 제2병동에 상이군인들만 수용하겠다는 약속을 은밀히 군에 전달했다는 것이다. 그리고 그와 군부 사이의 연락책을 맡은 사람이 제2외과 강사였던 코보리 군의관이라고 했다.

그렇게 복잡한 학내 사정은 말단 연구원에 지나지 않는 스구로에게 잘 이해되지 않았으며, 설사 이해한다 하더라도 그것이 자신의 장래와 깊은 관계가 있으리라고는 생각하지 않았다. '나의 머리는 아사이淺井나 토다처럼 대학에 남을 머리가 아니야'라고 그는 생각했다. '어디 산속 요양원 같은 데서 결핵으로 일하면 그것으로 족해. 게다가 곧 단기 현역으로 입대하니 이 의학부도 안녕이고.' 해 질 녘이 되면 국방색 차가 자주 제2외과 입구에 멈춰섰다. 견습 군의관들이 초록색 견장을 달고 몸에 맞지 않는 군도를 장화에 부딪히면서 차 문을 열어주면 통통한 곤도오 교수가 유유히 올라타곤 했다. 그러한 광경을 보면서 스구로가 걱정하는 것은 오로지 초조해진 하시모또 교수가 회진 때 심하게 힐문하지 않을까 하는 것뿐이었다.

그날 오후에도 스구로의 걱정거리는 하시모또 교수의 기분이 어떤가 하는 것이었다. 3시 반 회진시간이 되었을 때 스구로는 제1외과 부장실 앞에서 아사이 조교 및 토다와 함께 하시모또 교수가 나오기를 기다리고 있었다.

"회의는 어떻게 되었습니까?" 테 없는 안경을 번뜩이며 진료기록카드 뭉치를 넘기고 있던 아사이 조교에게 스구로가 눈을 깜박거리며 작은 소리로 물었다.

"모르겠는데."

일개 연구원은 그런 의학부 사정에 참견할 권리가 없다는 듯 아사이 조교는 스구로의 얼굴을 빤히 바라보았다.

"그보다 자네, 아베 미쓰阿部ミツ의 위액 검사표를 아직 작성하지 않았던데, 교수님이 묻기라도 하면 어쩌려고?"

예비 군의관으로 연구실에 복귀한 지 얼마 안된 그는 이 기회를 이용해 제1외과에서 자신의 위치를 굳히려 했다. 다른 조교나 젊은 강사가 단기 현역으로 군대에 끌려가 연구실이 비어 있는 상태인 이때야말로 미리 대책을 세워둘 필요가 있었다. 소문에 의하면 그는 하시모또 교수의 조카딸과 약혼했다고 한다.

스구로는 더듬거리며 변명하려 했지만 상대방은 귀찮다는 듯 획 저쪽으로 가더니 다시 진료기록카드 뭉치를 바쁘게 뒤적이기 시작했다.

4시가 가까워지자 복도에 드리웠던 겨울 햇살이 자취를 감추기 시작했다. 그제야 하시모또 교수는 비서 역할을 겸하는 오오바大場 간호부장을 거느리고 모습을 드러냈는데 두사람 모두 매우 지쳐 보였다.

교수는 새하얀 진찰복 가슴 부근에서 초록색 넥타이가 비뚤어져 있었고 늘 깔끔하게 빗질되어 있던 은빛 머리칼이 땀에 젖은 듯 두세올 이마에 드리워져 있었다. 이제껏 이런 일은 없었다.

학생시절부터 스구로는 하시모또 교수를 멀리서 바라보며 일종의 신비로운 경외와 동경을 느끼곤 했다. 젊은 시절에는 필시 미남이었을, 조각처럼 윤곽이 뚜렷한 그의 외모는 세월과 더불어 외과에서 가장 뛰어난 수술의 명수라는 위엄을 갖추게 되었다. 스구로는 그의 부인이 유학시절 사귄 백인 여성임을 떠올리고 그러한 삶은 시골뜨기인 자신으로서는 평생 꿈도 못 꿀 일이라 쓸쓸함을 느꼈다.

"오늘도 장난 아닐 낀데." 하시모또 교수가 말없이 복도를 걷기 시작했을 때 토다가 스구로와 나란히 걸으면서 살짝 속삭였다. "니, 진짜 아베 미쯔 위액검사 안한 기가?"

"검사할라 캤는데," 스구로가 얼굴을 찡그리며 대답했다. "그 환자가 힘들어해서 튜브도 제대로 넣지 못한다 아이가. 너무 안쓰럽어서."

결핵환자 가운데는 가래가 나오지 않는다고 고집부리는 이가 있다. 아베 미쯔가 그랬다. 사실 가래가 나오지 않는 게 아니라 침과 함께 삼켜지는 것으로, 그럴 때는 고무관을 위에 집어넣어 위액과 함께 가래를 뽑아내야 한다. 사흘 전에 스구로가 몇번이나 튜브를 넣으려고 했지만 그녀는 눈물을 흘리며 토해냈다.

"어렵겠는데." 토다가 어깨를 움츠렸다.

"우짜겠노, 교수님이 물어보면 양성이라 캐라. 가프키Gaffky 번호도 적당히 얼버무리는 게 좋겠고."

회진은 공동입원실부터 시작되었다. 1월의 짧은 오후가 저물어 창가에만 희미한 빛이 남아 있었다. 하얀 진찰복을 입은 하시모또 교수, 아사이 조교, 간호부장, 토다, 스구로 등 다섯명이 병실에 들어서자 전담 간호사가 서둘러 등화관제용 검은 천이 씌워져 있는 전등을 켰다. 몇몇 환자들이 허둥대며 침대 위로 기어올라 양 무릎에 손을 얹고 정좌했다.

병실은 이상한 악취로 가득했다. 요즈음엔 일반 환자 중에도 병실에서 취사하는 사람이 있어서 땔나무의 매캐한 냄새가 때에 찌든 이불 냄새나 침대 밑에 둔 소변통 냄새와 뒤섞여 복도에까지 독특한 악취를 풍겼다.

언제나 그렇지만 스구로는 자기 혼자 병실에 올 때와 하시모또 교수가 회진할 때 환자들의 표정이 완전히 다르다는 것을 느꼈다. 그가 혼자 나타나면 환자들은 칠이 벗겨진 침대에서 교활한 미소를 지으며 불평을 늘어놓거나 애원을 하곤 했다. "스구로 선상, 진해제 좀 주소. 기침이 나싸서 도무지 잠을 잘 수가 있어야지." "선상님, 칼슘제 좀 얻을 수 읎이까요?"

환자들이 그런 약을 얻으려는 이유는 자신의 병을 고치기 위해서가 아니라는 사실을 스구로도 알고 있었다. 환자들 가운데는 약을 상자에 소중히 넣어두었다가 약간의 배급품 감자나 콩으로 바꾸는 이가 있었다. 때로는 너무나 배가 고픈 나머지 공복을 견딜 요량으로 진해제를 먹는 사람도 있었다.

그런데 하시모또 교수가 일주일에 두번 조교와 학생들을 거느리고 병실에 들어서면 환자들은 갑자기 기가 죽는다. 아사이 조교가 침대에 달려 있던 체온표를 하시모또 교수에게 내밀 때면 그들은 마치 형벌이라도 선고받는 듯이 불안에 찬 작은 눈으로 높은 사람들을 올려다보며 전보다 열이 오른 사실도 기침을 해댄 사실도 오로지 숨기려고만 했다. 환자들은 일초라도 빨리 이 선생들의 취조에서 벗어나려는 마음에 양 무릎에 손을 얹은 채 어깨를 움츠리고 있었다.

"잠옷을 벗어보세요." 아사이 조교가 지시했다. "등을 이쪽으로 돌리세요. 붉은 발진은 그대로인데 귀에서 농이 나오기 시작했습니다."

하지만 하시모또 교수는 체온표를 손에 든 채 다른 일에 정신이 팔려 있었다. 어두운 공동입원실에서 안경도 쓰지 않았으니 체온표의 내용이 보일 리 없었다.

"열은?" 하시모또 교수가 건성으로 물었다.

"귀가 아프기 시작한 뒤로 38도를 넘고 있습니다."

"인자 아프지 않구먼요." 여기저기 기운 회색 잠옷 사이로 늑골이 도드라진 가슴을 보이며 중년 환자는 털투성이 얼굴에 울상을 지었다. "지금은 하나도 안 아프요."

그것은 결핵균에 귀가 감염되었다는 확실한 징후였다. 오른쪽 귀 근처 림프선이 부어올라 작은 혹이 생겼다. 교수가 손가락 사이에 담배를 끼운 채 희고 긴 손가락으로 튀어나온 혹을 세게 누르자 환자는 눈썹을 찌푸리며 소리내지 않으려 애썼다.

"별거 아닌디요."

"바보같이."

"선상님, 지가 나을 수 있당가요?"

대답 없이 교수는 다음 침대로 발을 옮겼다. 오오바 간호부장과 토다의 뒤를 따라 걷던 스구로는, 등 뒤에서 체온표에 만년필로 뭔가 쓰던 아사이 조교가 "괜찮아요. 나중에 진통제를 놔줄 테니"라고 달콤한 목소리로 속삭이는 소리를 들었다.

오늘 하시모또 교수는 생각했던 것보다는 초조해하지 않았다. 초조해하지 않았다기보다는 뭔가 다른 일에 마음을 뺏긴 듯했다. 미끈한 손가락 사이에 끼워진 담배에서 떨어진 재가 체온표나 환자의 이불 위로 떨어지는 것조차 교수는 알아채지 못했다. 몇몇 환자 앞에서는 그저 아사이 조교의 경과보고에 머리를 끄덕일 뿐 아무런 지시도 없이 그냥 지나가버렸다. 이런 상태라면 아베 미쯔의 위액검사 건으로 야단맞을 일도 없겠다며 스구로는 안도의 한숨을 내쉬었다.

밖에는 우윳빛 저녁 안개가 자욱이 끼기 시작했다. 멀리 실험용 견사犬舍에서 개들이 먹이를 달라고 짖어대는 소리가 들려왔다. 검은 천에 싸인 전구는 간신히 그 주위에만 어스름한 빛을 떨구고 있었다. 스구로는 희뿌연 안개 저 너머에 있는 검은 바다를 보았다. 바다는 의학부에서 그리 멀지 않은 데 있었다.

진찰이 끝났는데도 환자들은 여전히 침대 위에 정좌한 채 불안한 듯 의사들의 움직임을 눈으로 좇고 있었다. 전등이 흔들릴 때마다 등을 잔뜩 웅크린 볼품없는 그들의 그림자가 벽에 어른거렸다. 한구석에서 기침을 억누르고 있던 여자가 참지 못하고 손으로 입을 막으며 심하게 기침을 해댔다.

"이제 됐네."

하시모또 교수는 지쳤다는 듯 아사이 조교가 내미는 새로운 진료기록카드를 오른손으로 막았다.

"증세가 갑자기 달라진 환자는 없는 거지?"

"네, 없습니다. 피곤하시면 그만하시죠."

아사이 조교는 입꼬리를 한껏 올려 아첨하듯 비굴한 미소를 지었다. 토다는 진찰복 주머니에 손을 넣은 채 입을 다물고 있었다.

"그리고―" 아사이 조교는 돌연 스구로 쪽을 보면서 천천히 말했다. "스구로 군이 진찰한 환자 말인데요."

"누구지?"

"저기 누워 있는 무료 여성환자입니다."

아주머니는 그 소리를 듣자 병실 출구 가까이에 있는 낡은 침대에서 찢어진 군용 모포로 몸을 감싸며 일어났다.

"괜찮아요. 누워 있어요." 아사이 조교는 조금 전과 마찬가지로 여자처럼 달콤하게 말했다. 그리고 바닥에서 뒹굴고 있는 가장자리가 찌그러진 아주머니의 알루미늄 그릇을 구두 끝으로 살짝 차서 침대 밑으로 밀어넣었다.

"실은 본인도 납득하는 것이지만, 어차피 죽을 목숨이라면 수술이라도 해보고 싶습니다만."

"으음."

하시모또 교수는 말끝을 흐리며 돌아섰다. 그의 얼굴은 이 일에 대해 별로 관심이나 호기심이 없는 듯했다.

"마침 좋은 기회입니다. 왼쪽 폐에 두개의 구멍이, 오른쪽 폐에 침윤부가 있어서 양쪽 폐수술 실험에는 안성맞춤입니다."

모포 끝자락으로 가슴을 감싼 아주머니는 스구로의 굳어진 얼굴을 겁먹은 표정으로 올려다보았다. 그녀는 전등 불빛이 미치지 않는 어두운 한구석에 숨기라도 하듯 되도록 몸을 작게 웅크렸다. 눈앞의 높은 선생들이 자신에 대해 말하고 있는 것을 알고는 숨을 죽이며 죄송하다는 듯 몇번이고 머리를 조아렸다.

"시바따柴田 조교수가 꼭 해보고 싶다고 하셔서."

"음."

"그럼 예비검사를 스구로 군에게 맡기겠습니다. 그 결과를 보시고 결정해주십시오."

아사이 조교가 스구로 쪽을 돌아보며, "괜찮지?" 하고 대답을 재촉했다.

스구로는 도움을 청하듯 오오바 간호부장과 토다의 얼굴을 바라보았지만 간호부장은 노오멘能面[2] 같은 알 수 없는 표정을 지었고 토다는 얼굴을 돌리며 외면했다.

"스구로 군, 해줄 거지?"

"예……" 스구로는 눈을 끔벅이며 힘없이 대답했다.

지친 듯한 하시모또 교수가 복도로 나가자 스구로는 병실 벽에 기댄 채 깊은 한숨을 쉬었다. 아주머니는 모포로 몸을 감싼 채 침

---

[2] 피리와 북소리에 맞춰 노래 부르고 춤추는 전통 악극인 노오가꾸(能樂)에서 쓰는 가면.

대 구석에서 아직도 그를 올려다보고 있었다. 그 곤혹스러워하는 시선과 마주하기 힘들어 스구로는 눈을 돌렸다. 이 환자의 경우 수술을 한다면 백의 오십은 실패할 게 뻔했다. 하물며 아직 이 의학부에서 두번의 사례밖에 없는 양쪽 폐수술이라면 95퍼센트는 아주머니를 죽이는 결과가 될 것이다. 하지만 수술하지 않더라도 그녀는 반년 이내에 쇠약해져 죽게 될 것이다.

'모두 죽어나가는 세상 아이가. 병원에서 죽지 않더라도 매일밤 공습으로 죽어가는 거야.' 스구로는 토다가 오늘 오후 화난 듯이 중얼거린 말을 떠올렸다. 회진이 끝난 뒤 공동입원실에서는 한바탕 헛기침이 울려퍼지고 환자들이 박쥐처럼 침대를 기어서 오르내리고 있었다. 스구로는 만일 인간의 죽음에 냄새가 있다면 그건 분명 이 어두운 방의 악취일 거라고 막연히 생각했다.

Ⅱ

정말로 모두가 죽어가는 세상이었다. 병원에서 숨을 거두지 않은 사람은 밤마다 계속되는 공습으로 목숨을 잃었다.

의학부와 병원은 시내에서 이십리쯤 떨어진 변두리에 세워져 있어서 아직 적기의 직접적인 공격을 받지는 않았지만 언제 공격당할지 알 수 없었다. 병원의 낡은 목조 병동은 그대로 방치해두었으나 본관과 병리학 연구소 같은 콘크리트 건물은 온통 콜타르로 시커멓게 칠해놓았다.

본관 옥상에 올라가서 보면 F시가 날마다 작아지고 있음을 한눈에 알 수 있었다. 아니, 작아진다기보다는 불타버린 부분이 누런 사막처럼 매일 넓어지고 있었다. 바람이 부는 날이나 불지 않는 날이나 그 사막에 하얀 먼지가 피어오르는 것이 보였고, 그 작은 회오리는 예전에 시골뜨기 스구로의 눈을 휘둥그렇게 했던 후꾸야福屋 백화점을 삼켜버렸다. 백화점도 내부가 완전히 불타 뼈대만 남았다.

더이상 공습경보도 경계경보도 울리지 않았다. 납빛으로 낮게 깔린 구름 어딘가에서 끊임없이 쾅쾅 둔탁한 소리가 들려왔고, 이따금 탁탁 콩이 여물어 터지는 듯한 소리가 났다. 작년까지만 해도 나까스中洲가 불탔느니 야꾸인藥院 일대가 전소되었느니 하면서 환자나 학생 들이 야단법석을 떨었지만 요즘에는 어디가 불타든 이야기조차 꺼내지 않았다. 누가 죽든 말든 걱정하지도 않았다. 학생들 대부분이 시내 곳곳의 구호소나 공장으로 보내졌다. 연구생인 스구로도 이제 곧 단기 현역으로 어디론가 끌려갈 것이다.

의학부 서쪽으로 바다가 보였다. 옥상에 올라갈 때마다 스구로는 때로는 고통스러울 정도로 파랗게 빛나고 때로는 음울하게 검은빛을 띠는 바다를 바라보곤 했다. 그러면 전쟁도, 공동입원실 문제도, 그리고 매일같이 찾아오는 공복감도 조금은 잊을 수 있을 것 같았다. 형형색색으로 변하는 바다는 그에게 다양한 상상을 불러일으켰다. 예를 들면 전쟁이 끝나고 하시모또 교수처럼 저 바다를 건너 독일로 유학 가서 그곳 아가씨와 연애를 한다. 혹은 그처럼 불가능한 꿈 대신에 평범해도 좋으니, 어디 작은 마을에 자그마한 의원을 차리고 환자들을 왕진한다. 마을 유지의 딸과 결혼할 수 있다면 더 좋겠다. 그렇게만 되면 고향에 계신 아버지와 어머니를 돌봐드릴 수 있을 것이다. 평범한 게 가장 큰 행복이라고 스구로는 생각한다.

학생시절부터 스구로는 토다와 달리 소설이나 시에 대해 전혀 아는 바가 없었다. 다만 한가지 토다가 가르쳐주어 기억하고 있는 시가 있다. 바다가 파랗게 빛나는 날에는 이상하게도 그 시가 떠오른다.

　　양떼구름 지날 때
　　뭉게구름 피어오를 때마다
　　하늘아 네가 뿌리는 것은
　　하얀, 하이얀 솜 떼

'하늘아 네가 뿌리는 것은 하얀, 하이얀 솜 떼.'

그 한 구절을 읊자 스구로는 왠지 눈물이 날 것 같았다. 특히 요즘 아주머니의 수술 예비검사를 시작하면서부터 옥상에 올라가 바다를 바라보며 이 시를 떠올리는 일이 많아졌다.

수술을 하기 위해서는 환자의 신체 조건을 미리 기록해두어야 한다. 아사이 조교가 스구로에게 지시한 것은 그 일이었다. 거의 하루걸러 한번씩 아주머니를 검사실로 불러 심전도를 체크하고 소변을 분석하거나 뼈만 앙상한 팔에서 혈액을 채취해야 했다. 바늘을 팔에 꽂을 때마다 아주머니는 움찔했다. 온기 없는 검사실 구석에서 쭈그리고 앉아 유리 요기尿器를 가랑이 사이에 댄 채 계속 몸을 떨었다. 객혈은 하지 않았지만 검사 후 전에 없이 미열이 나는 일도 있었다. 그래도 낫고자 하는 일념에서인지 스구로가 시키는 대로 열심히 따르는 그녀를 보면 괴로워 결국 시선을 돌리고 만다.

"아주머니, 어째서 수술을 승낙하셨어요?"

"그게……" 그녀는 불안해하며 생각에 잠긴다. 자신이 왜 승낙했는지 그녀 자신도 모르는 듯했다.

"왜 승낙하셨어요?"

"시바따 선상님께서 이대로는 좋아질 수가 없으니 수술하라고 하셔서."

일주일 정도 지나자 검사표가 조금씩 완성되어갔다. 그녀의 폐활량은 생각보다 괜찮았지만 적혈구 수가 감소한데다 심장이 약해진 상태였다. 스구로가 생각하기에도 아주머니의 수술은 너무 위험해 보였다.

"선상님, 지도 수술만 받으면 살 수 있을까요?"

아주머니가 물었지만 살 수 있다고 단언할 수 없었다. 그렇다고 수술을 받지 않으면 반년을 넘기지 못할 이 여자를 어찌하면 좋을지 스구로로서는 알 수가 없었다. 어차피 죽을 아주머니에게 수술의 고통까지 주는 게 딱하고 가여워서 스구로는 그저 말없이 눈만 끔벅였다.

"어쨌든 심장이 약해진 상태라서……"그가 아사이 조교에게 보고하러 갔을 때, 조교는 시바따 조교수와 약용 포도주를 마시고 있었다.

"수술은 무리가 아닐까 생각됩니다만……"

"무리인 건 알고 있네." 한두잔의 포도주로 얼굴이 벌겋게 달아오른 조교수는 스구로가 가져온 검사표를 훌훌 넘기며 말했다.

"자네는 걱정 안해도 돼. 이번 집도는 내가 할 테니까. 무엇보다 무료진료 환자잖아."

"스구로 군은 그 환자 담당이라 걱정인가봐요." 아사이 조교는 언제나처럼 달콤하고 상냥한 목소리로 말하며 미소를 지었다. "저도 예전에는 그랬거든요."

"이번 무료진료 환자로 내가 실험해보고 싶은 건 말이지,"

시바따 조교수는 약간 비틀거리며 칠판으로 가더니 진찰복 주머니에서 분필을 꺼냈다.

"종래의 슈미트식 성형수술이 아니야. 자네, 코릴로스의 논문 읽었나?"

"네?"

"그것을 변형한 방법이라네. 자, 잘 듣게. 먼저 상부의 늑골 아래를 넓게 짼다. 제4늑골부터 시작해서 제2, 제3, 제1늑골 순으로 자른다. 이것이 코릴로스 방법이지. 나는 말이야, 구멍의 형태와 관주灌注 기관지의 방향에 주의해서—"

스구로는 인사를 하고 방에서 나와 복도 창에 잠시 얼굴을 댔다. 무슨 이유에서인지 온몸이 녹초가 되어 천근같이 무거웠다. 장화를 신은 채 땅을 파내고 있는 병원의 늙은 일꾼 위로 옹이투성이인 포플러 가지가 바람에 흔들렸다. 일꾼은 삽으로 검은흙을 파내어 옆에다 버리는 단조로운 동작을 한없이 반복하고 있었다. 트럭 한대가 먼지를 일으키며 병리학 연구소 앞으로 달려왔다. 트럭 위에는 풀빛 작업복을 입은 키 큰 남자 몇명이 아무렇게나 모여 있었다.

트럭이 제2외과 입구 앞에 멈추자 권총을 찬 병사 두명이 문을 열고 기세 좋게 뛰어내렸다. 그들의 활기찬 행동에 비해 작업복을 입은 무리는 발을 질질 끌면서 느릿느릿 계단을 올라갔다. 몸집이 작은 두 병사에 비해 그 옆에 선 이들은 매우 컸기 때문에 미군 포로라는 것을 한눈에 알 수 있었다.

"제2외과에 미군 포로가 왔다." 그는 제3연구실로 돌아와서는 책상 서랍을 뒤지고 있던 토다에게 알려주었다. "트럭에 실려가 말이다."

"뭐 그런 걸 갖고 그라노. 요전에도 티푸스 예방주사 맞으러 왔다 아이가."

그럴 때가 아니라는 듯이 토다는 서랍을 삐걱거렸다.

"내 청진기—청진기가 어디 갔노? 어이, 니 꺼 좀 빌리도."

"무슨 일인데?"

"수술 환자가 또 한명 늘었다 아이가. 내하고 아사이 조교가 검사 담당이다. 뭐? 아지매 말고." 그러면서 토다는 학생시절부터 스구로에게 무언가를 알려줄 때마다 늘 그랬듯이 입언저리에 상대방을 깔보는 듯한 미소를 지으며 목소리를 낮췄다. "누군 거 같노?"

"모르겠는데." 스구로는 눈을 깜박였다.

"특실의 타베田部 부인이다. 간호사들이 오오스기 부장님의 친척이라 카던 그 부인."

그 이야기를 들을 필요도 없이 스구로는 이미 타베라는 젊고 아름다운 환자를 알고 있었다. 평소의 회진은 공동입원실에서 시작해 이층의 이등실이 끝나면 마지막 특실 순이었다. 특실에서는 하시모또 교수의 태도나 진단이 정중해지는데 특히 그 젊은 부인에 대해서는 더할 나위 없이 세심한 주의를 기울였다. 스구로와 간호사는 진료기록카드 하단에 아사이 조교의 필적으로 '오오스기 의학부장님 친척'이라고 씌어 있는 메모를 보았었다.

병력으로 보자면 수술하기에는 아직 일렀다. 오른쪽 폐 위에 콩알만 한 구멍과 몇개의 작은 침윤부가 있었다. 다만 늑막이 유착되어 있어 기흉 치료는 할 수 없었다. 검고 긴 머리카락을 깨끗한 베갯잇 위로 풀어헤치고 얼굴을 위로 향한 채 줄곧 누워만 있는 여자였다. 독서를 좋아하는 듯 햇빛이 잘 드는 큰 창 밑에 스구로가 읽은 적이 없는 문학서적 따위가 가지런히 놓여 있었다.

가슴 부위를 드러낸 그녀는 도저히 병자라고는 생각할 수 없을 정도로 아름다운 피부를 가지고 있었다. 남편은 해군으로 멀리 나가 있다고 했다. 그 때문인지 봉긋하게 부푼 젖꼭지가 처녀의 그것처럼 작고 불그스름했다. 하루에 한번 가정부와 함께 어머니인 듯한 사람이 보자기에 식사를 싸 가지고 왔다. 이 모든 것이 공동입원실 환자들의 세계와는 달랐다.

"나을 겁니다, 부인." 하시모또 교수는 진찰을 끝내고 청진기를 정리하면서 언제나처럼 격려의 말을 건넸다. "제가 꼭 낫게 해드리겠습니다. 오오스기 선생님의 은혜에 보답해야지요."

머잖아 수술해야 했지만 그 시기는 가을로 예정되어 있었다. 그런데 수술을 갑자기 이번 2월로 변경한 것이 스구로에게는 이해가 되지 않았다. 저번 회진 때만 해도 하시모또 교수는 뭔가에 정신이 팔려서 그랬는지 수술에 대해 한마디도 언급하지 않았었다.

"우째 갑자기 바뀐 걸까?"

"그기 문제다. 교수님은 요즘 회진 중에 멍하니 딴생각만 한다 아이가. 이 수술은 말이지……"

토다는 의자에서 몸을 쭉 빼낼 듯이 하여 창밖을 바라보았다. 제2외과 입구 앞에는 군인 두명이 뒷짐을 진 채 우리에 갇힌 동물처럼 왔다 갔다 하고 있었다. 포플러 아래에서는 장화 신은 노인이 여전히 삽질을 하고 있었다.

"내가 짐작하건대 이 수술은 부장 선거와 관계가 있을 끼다."

토다는 다시 의자에 앉더니 낡은 소형 일독사전을 한장 찢고는 책상 위 깡통에서 배급으로 나온 담뱃잎을 꺼냈다.

"그 양반은 가능하면 4월까지 그 부인의 수술 성적으로 점수를 따둘 필요가 있는 기다. 무슨 말인지 알겠나? 4월엔 의학부장 선거가 있다 아이가. 자, 환자는 오오스기 집안의 친척이야. 수술할 곳은 한쪽 폐의 윗부분인데다가 체력도 약하지 않아. 가을까지 기다리기보다는 이번 달에 수술을 해서 4월에는 움직일 수 있게 하는 거지. 그렇게만 되면 오오스기의 제자들인 내과계 교수들은 하시모또 교수한테 호의를 보일 끼 아이가. 제2외과와 곤도오 교수를 선거 전에 압박할 수 있다는 결론인, 기다."

결론인, 기다, 하고 말끝에 힘을 주어 천천히 발음하고서 토다는 득의양양하게 담배연기를 후우 내뱉었다.

코오베神戸에서 의사 아들로 태어난 토다는 학생시절부터 시골뜨기인 스구로에게 의학부 내의 복잡한 인간관계나 학내 파벌 같은 비밀을 곧잘 알려주어 그를 어리둥절하게 만들었다. "의사한테는 안일한 감상 따윈 금물이데이." 스구로가 눈을 깜박이며 괴로운 표정을 지으면 지을수록 토다는 재미있어하는 얼굴이었다. "의사는 성인군자가 아이다. 출세도 하고 싶고 교수도 되고 싶은 기다. 새로운 방법을 실험하는 데 원숭이나 개만 쓸 수는 없다 아이가. 니는 이 세계를 좀더 정확하게 보그라."

"그래서 니, 그 수술 검사, 지시받은 기가?" 스구로는 의자에 앉아 눈을 감았다. 아까 복도에서 느낀 피로감이 되살아났다. "도무지 이해할 수가 없데이."

"뭐가?"

"아지매는 시바따 조교수의 실험대상이고, 타베 부인은 하시모또 교수의 출세수단이라니······"

"당연하다 아이가. 그게 와 나쁘노? 근데 니는 우째 아지매한테만 집착하는 기고?" 토다는 당혹해하는 스구로의 얼굴을 재미있다는 듯이 바라보았다. "응? 와 나쁜데?"

"콕 집어 뭐라 칼 수는 없지만……"

"환자 죽이는 거 별거 아이다. 의사의 세계는 예전부터 그랬다. 그래가 의술이 발전할 수 있었다 아이가. 거기에다 지금 이 도시 여기저기에서 사람들이 공습으로 죽어가기 때문에 이제는 누구도 사람 죽는 것 정도엔 안 놀란다. 아지매 같은 사람이 공습으로 죽기보다 병원에서 죽는 기 의미있지 않겠나?"

"무슨 의미가 있다는 기고?" 스구로는 공허한 목소리로 중얼거렸다.

"당연한 거 아이가. 공습으로 죽으면 기껏해야 나까가와 강에 뼛가루나 뿌려지겠지만 수술받다 죽으면 진짜 의학발전에 공헌하는 거니까. 아지매도 머잖아 같은 병을 앓는 많은 환자를 구하는 길이 열린다 카면 죽어도 좋다 안카겠나?"

"진짜 니놈은 강하데이." 스구로는 깊은 한숨을 쉬었다. "그런 건 내도 알고 있다. 알고는 있지만서도, 내는 그리 몬한다."

"강하지 않으면 우째 살 낀데?"

돌연 토다는 경련이라도 일어난 듯 일그러진 얼굴로 비웃기 시작했다. "빙신. 이런 시대에 달리 살 길이 있는 줄 아나?"

"그럴까?"

"몰라. 그것보다 청진기나 빨리 빌리도."

"내…… 구급상자 안에 들어 있다."

스구로는 연구실에서 나왔다. 그는 바람 부는 안뜰에서 장화 신은 노인이 삽질하고 있는 모습을 우두커니 바라보았다.

"방공호를 만드는 겁니까?"

"아니, 포플러를 뽑고 있는 거라네. 애써 자란 놈을 학교에서는 왜 베라고 하는지 알 수가 없네."

조금 전에 제2외과 입구에서 뒷짐을 지고 서성대던 군인의 모습이 보이지 않았다. 포로를 태우고 온 트럭도 어디론가 가버렸다. 스구로는 쥐 죽은 듯 조용해진 본관에서 뚜벅뚜벅 구둣발 소리를 울리며 옥상으로 올라갔다.

눈 아래에 의학부 부지가 넓게 펼쳐졌다. 오른쪽 끝에 있는 것이 전염병 연구소와 제1내과 교실이다. 콜타르를 검게 칠한 병리학 연구소와 도서관 사이로 목조 병동이 여러채 늘어서 있고, 소독실 굴뚝에서 잿빛 연기가 피어올랐다. '환자가 몇백명 되겠지. 간호사와 직원 수는 얼마나 될까?' 하고 스구로는 생각했다. 자신이 이해할 수 없는 톱니바퀴가 건물들 사이를 돌고 있는 것 같았다. '생각하지 말자. 생각해봤자 헛수고일 뿐이잖아.'

바다는 오늘 유난히 검게 빛나고 있었다. 또다시 F 시에서 누런 먼지가 일더니 오래된 솜빛의 구름과 태양을 뿌옇게 덮었다. 전쟁에서 이기든 지든 스구로는 이제 어떻게 돼도 상관없다는 생각이 들었다. 그런 걸 생각하기에는 몸과 마음이 너무 지쳐버렸다.

Ⅲ

"오십육억 칠천만년 지나 미륵보살님이 오시니, 참된 믿음을 지닌 이는 이때 등불을 밝혀야 하며……"

"그대로 괜찮으니까 가만히 누워 있어요."

"예."

스구로가 진찰하는 동안 아주머니는 눈을 감은 채 옆자리의 아베 미쯔가 부르는 노래를 듣고 있었다. 미쯔는 무료진료 환자가 아니었지만 아주머니와 나이도 비슷하고 침대도 마주 보고 있어서 자주 낮은 소리로 이야기를 나누는 듯했다.

"어영가御詠歌인가요?"

"아니요, 신란親鸞 스님이 만드신 노래예요"라고 하며 아베 미쯔는 아주머니 쪽을 턱으로 가리켰다. "이 사람이 부처님 책을 읽어달라고 하네요."

"읽어주세요."

"예에." 미쯔는 안경집에 넣어두었던 안경을 다시 낀 뒤 침대 위에서 고쳐앉으며 표지가 찢겨나간 작은 책을 합장하듯이 눈높이까지 가져갔다.

"석가모니께서 어느날…… 한 제자를 문병하셨습니다…… 제자는 자신의 똥오줌도 가리지 못할 정도로 고통스러워하고 있었습니다…… 석가모니께서는…… 선생님, 이거 무슨 글잔가요?"

"'정중하게'잖아요. 그거 아이들 책이군요."

"예, 저쪽 침대에 계시는 분이 빌려주셨어요. 정중하게 문병하신 후, 너는 건강할 때 친구를 간병한 적이 있느냐 하고 물으셨습니다. 이처럼 홀로 고통스러워하지 않으면 안되는 이유는…… 네가 평생 다른 사람을…… 간병해주지 않았기 때문이다. 너는…… 너는 지금 몸의 병으로 고통스러워하고 있지만…… 삼대에 걸쳐서도 다 끝나지 않는 마음의 병이 있다……"

미쯔가 가라앉은 소리로 나직이 읊는 동안 아주머니는 눈을 감고 있었다. 바닥에는 누런 감자껍질이 붙은 알루미늄 식기가 나뒹굴고 있었다. 주위의 환자들도 묵묵히 귀를 기울였다.

"그러니까 부처님의 이 말씀은 몸의 병을 고치듯 마음을 새롭게 바꾸어야 한다는 거지요."

친구의 자신만만한 해석에 아주머니는 어린아이처럼 몇번이고 고개를 끄덕였다. 스구로는 청진기를 주머니에 넣고 어떻게 이야기를 꺼낼지 고심했다.

"저기, 이 사람도……" 미쯔가 스구로 쪽을 보며 설명했다. "수술받기 전이라 마음이 점점 약해지나봐요. 오직 자식을 만나려는 일념으로 수술받는다 하네요."

"아주머니에게 자녀가 있었군요."

"예, 이 사람 아들은 전쟁터에 나가 있대요."

아베 미쯔는 침대에서 기어내려오더니 바닥에 둔 고리짝을 뒤져, 정성스럽게 개어둔 일장기를 꺼냈다. 싸구려로 보이는 그 하얀 천에는 빗물이 스며들었는지 누렇게 얼룩이 져 있었다.

"여기 사람들은 다 썼으니까 선생님도 아들을 위해서 한 글자 써주세요."

"아, 예."

그 깃발을 받아드니 스구로는 더더욱 아주머니에게 수술 예정일을 털어놓기가 어려웠다.

수술 날짜가 발표된 것은 오늘 아침이었다. 먼저 다음주 금요일 오전에 하시모토 교수의 집도로 타베 부인의 수술이, 그리고 그 일주일 후에 시바따 조교수가 집도하는 아주머니의 수술이 예정되었다. 스구로는 토다와 함께 수술 조수로 들어갈 것을 지시받았다.

수술 날짜가 정해지면 그날부터 환자는 동요한다. 메스의 통증, 늑골을 자르는 둔탁한 소리 등을 이리저리 상상하는 것이다. 그런 고통스러운 일주일을 다른 환자라면 모를까 살아날 가능성이 거의 없는 아주머니에게 알리자니 차마 용기가 나지 않았다.

싸늘한 연구실로 돌아온 스구로는 실험관과 핀셋을 한쪽으로 밀어놓고 책상 위에 아베 미쯔가 건네준 일장기를 펼쳤다. 그는 거기에 무슨 말을 써야 좋을지 알 수 없었다. 싸구려 천 조각 위에는 공동입원실 환자들의 글이 몇줄 씌어 있었다. 이 깃발이 요시끼요義淸라는 아들의 손에 전해질 때면 아주머니는 벌써 죽었을지도 모른다는 생각이 어렴풋이 들었다. 피우지도 못하면서 토다의 서랍에서 담배를 꺼내 불을 붙였다. 그러고는 몇번이고 생각한 끝에 '필승'이라는 평범한 문구를 무미건조하게 써넣었다.

한편 토다의 상상을 뒷받침하듯 타베 부인의 예비검사는 최대한 정확하고 세심하게 이루어졌다. 토다는 그렇다 치고 아사이 조교로서는 이 수술의 성공 여부가 제1외과에서의 자신의 장래와 직결되기 때문에 필사적이었다. 조교는 단기 현역으로 복무하고 있는 동료가 일이년 안에 연구실로 돌아올 것을 두려워하고 있었다. 그전에 자신에 대한 하시모또 교수의 신뢰를 쌓아놓아야만 했다. 그가 노리는 강사 자리는 주임교수의 총애에 좌우되기 때문이다.

다만 시바따 조교수는—이것 역시 토다의 추측이지만—하시모또 교수의 출세를 질투하고 있는 것 같았다. 그는 하시모또 교수의 제자가 아니라, 이전의 제1외과 부장이었던 카끼시따垣下 교수의 제자이기 때문이다.

주임교수의 회진은 주 2회로 정해져 있었지만 수술을 앞둔 일주일 동안 하시모또 교수는 거의 매일 타베 부인을 진찰했다.

"가을에는 퇴원하실 겁니다." 아사이 조교가 건네준 흉부 단층 사진을 창 쪽으로 비춰 보면서 그는 환자에게 고개를 끄덕여 보였다. "그후엔 반년 정도 시골에서 쉬시면 됩니다. 내년 정월쯤에는 깨끗이 완쾌되실 겁니다."

4월에 있을 선거에 대한 희망이 생겼는지 요즘 하시모또 교수는 다시 예전의 자신에 찬 모습을 되찾기 시작했다. 그는 새하얀 진찰복 주머니에 양손을 넣고 입에 담배를 문 채 일행을 거느리고 병동 복도를 성큼성큼 걸었다. 다소 앞으로 구부린, 자못 명상적인 자세는 시골뜨기 스구로에게 '프로페서'라는 단어의 이미지를 그대로 전해주었다. 오오바 간호부장과 토다의 뒤에서 군화를 질질 끌며 뒤따르던 스구로는 하시모또 교수에 대해 예전과 같은 동경과 신비로운 존경을 다시 느끼게 되었다.

"선생님, 제 딸의 수술은 괜찮겠지요?"

요즘 들어 검은 몸뻬 차림의 품위 있는 어머니가 늘 타베 부인 곁에서 수발을 들고 있었다. 침대 위에서 몸을 일으킨 젊은 부인이 오른손으로 잠옷 깃을 여미고 뺨으로 흘러내린 머리카락을 쓸어 올리며 미소를 지었다.

"뭐가요? 수술이라면 마취로 잠들어 있는 사이에 끝납니다. 다만 하룻밤 정도는 다소 고통스러울 겁니다. 거기다 목이 건조해질 수 있으나 그것도 이삼일만 참으면 됩니다."

"위험하지는 않을지……" 다소 근심스러운 듯이 말하자 아사이 조교가 여자처럼 간드러진 목소리로 웃었다.

"하시모또 선생님 실력이나 저희의 노력이 어머니께는 충분하지 못한가봐요?"

하지만 이렇게 자신할 만한 게 타베 부인의 영양상태나 심장, 적혈구 수치, 그리고 수술 부위 등 모든 것이 수술하기에 최적의 상태였다. 지금까지 수술 조수를 한번밖에 해본 적이 없는 스구로조차 이번 수술은 자신이 해도 성공할 수 있을 것 같았다.

하시모또 교수가 통통한 그녀의 가슴에 청진기를 대고 박동 소리를 듣고 있는 모습을 보면서 스구로는 왠지 모를 질투를 느꼈다.

그것이 이 아름다운 부인의 남편에 대한 질투인지, 아니면 본디 자신은 얻을 수 없을 것 같은 행복에 대한 질투인지, 그것도 아니면 어두운 공동입원실에 누워 있는 환자를 대신한 단순한 의분義憤인지는 자신도 알 수 없었다.

목요일 밤이 되었다. 수술 전날 밤에 간호사가 알코올로 환자의 몸을 닦고 털을 깎았다. 스구로는 토다, 오오바 간호부장과 함께 밤늦게까지 연구실에 남아 수술에 필요한 사진을 다시 정리했다. 의학부에서 도보로 십분 정도인 하숙집으로 돌아가려고 칠흑 같은 어둠이 깔려 있는 밖으로 나왔을 때, 멀리서 자동차가 달려오는 소리가 들렸다.

차가 옆을 지나는 순간 희미하게 등을 켠 차창에 곤도오 교수가 얼굴을 대고 있는 것이 얼핏 보였다. 그의 옆에는 아래턱을 쭉 내민 통통한 장성급 군인이 칼 손잡이에 양손을 얹은 채 앉아 있었다. 스구로에게는 어쩐지 그때 곤도오 교수의 얼굴이 여느 때와는 달리 칙칙해 어두운 고독의 그림자에 싸인 듯 보였다.

'하시모또 교수가 이기려나.'

그는 자신과 무관한 이 교수들의 암투가 내일 한고비를 맞는다는 생각에 전에 없는 흥분을 느꼈다.

금요일 오전 10시, 고무로 된 수술용 앞치마 위에 흰 가운을 껴입고 쌘들을 아무렇게나 신은 아사이 조교, 토다, 스구로는 수술실 밖에서 환자가 실려오기를 기다리고 있었다.

하늘은 잔뜩 흐렸다. 수술실이 병동 이층 끝에 외따로 떨어져 있어서인지 오가는 외래 환자나 간호사는 보이지 않았다. 일직선으로 이어진 복도는 반대편까지 희미하게 불을 밝히고 있을 뿐이었다.

이윽고 복도 안쪽에서 조그맣게 삐걱거리는 바퀴 소리가 들려왔다. 타베 부인을 실은 운반차가 그녀의 어머니와 간호사에게 이끌려 천천히 다가왔다.

병실에서 주사 맞은 판스코 마취제와 수술에 대한 공포 때문인지 운반차에서 위를 향한 부인의 얼굴은 핏기 하나 없이 창백했고 머리카락도 흐트러져 있었다.

"기운 내라." 부인의 어머니는 차츰 빨라지는 운반차를 따라 뛰기 시작했다.

"어미는 여기 있을 거야. 언니도 금방 올 거고. 수술은 금방 끝날 테니까."

지친 환자는 새처럼 허옇게 눈을 뜨고 무슨 말을 중얼거렸지만 알아들을 수가 없었다.

"선생님이," 그녀의 어머니가 다시 큰 소리로 말했다. "수술을 잘하실 테니까, 선생님이."

오오바 간호부장은 이미 알코올로 손을 씻은 하시모또 교수의 등 뒤로 가서 수술복 끈을 묶어주었다. 그런 후 마치 어머니가 자신보다 키가 큰 장남을 보살피듯 터키모자처럼 생긴 흰 수술모를 그의 머리에 씌워주었다. 다른 간호사는 고무와 면, 두종류의 장갑

이 든 금속상자를 내밀었다. 이로써 하시모또 교수는 노오맨 같은 얼굴과 음침한 성격을 지닌 새하얀 인형이 되었다.

수술 중에는 온도를 20도로 유지해야 하기 때문에 수술실은 벌써 후덥지근했다. 바닥에는 먼지와 수술할 때 나오는 피를 씻어낼 물이 작고 가벼운 소리를 내며 흐르고 있었다. 그 물이 천장에 달린 커다란 무영등無影燈 빛에 반사되어 수술실 전체가 흡사 타오르는 백금 불꽃처럼 빛났다. 그 속에서 아사이 조교와 간호사들은 마치 물속의 해초처럼 흐느적흐느적 움직였고, 토다는 환자의 어깨뼈를 비집어서 들어올릴 견인기를 확인하고 있었다.

간호사 둘이 타베 부인의 알몸을 접듯이 들어올려 수술대 위로 옮겼다. 하시모또 교수는 수술대 옆 유리 테이블에 놓인 니켈상자에서 익숙한 손놀림으로 수술도구를 꺼내 가지런히 늘어놓기 시작했다. 골막박리도, 늑골도, 핀셋 등이 서로 부딪혀 소리를 냈다. 타베 부인은 그 날카로운 소리를 듣는 순간 몸을 움찔했지만 다시 축 늘어지더니 눈을 감았다.

"아프지 않아요, 부인." 아사이 조교가 예의 달콤한 어조로 말을 건넸다. "계속 마취를 할 거니까요."

"그쪽 준비는 다 되었나?" 하시모또 교수의 낮은 목소리가 수술실 벽에 울렸다.

"예."

"혈압계, 이러게이터irrigator, 모두 완료." 조교가 답했다.

"그럼 시작하겠습니다."

일동은 환자와 하시모또 교수를 향해 조용히 고개를 숙였다. 수술실에 침묵이 흘렀다. 그사이 오오바 간호부장만이 요오드팅크에 적신 솜을 핀셋으로 집어 부인의 하얀 등에 바르고 있었다.

"메스."

하시모또 교수는 건네받은 전기메스를 장갑 낀 오른손으로 꽉 움켜쥐더니 몸을 약간 앞으로 숙였다. 치익 하는 소리가 스구로의 귀에 전해졌다. 근육이 전기에 터지며 타는 소리였다.

한순간에 지방으로 된 하얀 선이 활짝 드러나더니 다음 순간 거무스름한 피가 뿜어져나왔다. 아사이 조교가 수술용 집게로 딱딱 소리를 내며 재빨리 혈관을 눌러 지혈하자 스구로는 다시 그 혈관을 하나씩 명주실로 묶었다.

"골막박리도!" 하시모또 교수가 소리쳤다. "수혈은?"

타베 부인의 하얀 다리에 이러게이터 바늘이 꽂혀 있었다. 스구로는 병 속의 강심제, 비타민, 포도당액, 아드레날린이 혼합된 액체가 고무호스를 통해 환자의 몸으로 흘러들어가는 것을 확인하며 대답했다.

"이상 없습니다."

"혈압은?"

"괜찮습니다." 간호사가 대답했다.

긴 시간이 흘렀다.

돌연 타베 부인이 신음하기 시작했다. 마취제로 판스코 외에 프로카인을 주사했는데도 아직 반쯤 의식이 남아 있는 듯했다.

"숨 막혀. 엄마, 숨 막혀."

하시모또 교수의 이마에 땀이 배기 시작했다. 그것을 오오바 간호부장이 발돋움하여 가제로 닦아주었다.

"숨 막혀. 엄마, 숨 막혀."

"골막박리 완료. 늑골도!"

골막을 벗겨내자 하얀 늑골이 몇개 드러났다. 하시모또 교수는 전지가위처럼 생긴 늑골도를 단단히 끼워 조이기 시작했다.

"으읍!"

마스크 사이로 힘을 쓰는 소리가 새어나왔다. 빠지직 둔탁한 소리를 내며 사슴뿔과 비슷하게 생긴 제4늑골이 잘리더니 메마른 소리와 함께 가볍게 수술용 쟁반 위로 떨어졌다.

그 순간 흉벽과 흉강 안쪽을 가리고 있던 조직이 폐의 압력으로 빨간 풍선처럼 부풀어올랐다.

하시모또 교수가 불끈 힘을 주는 소리, 뼈가 부러지는 둔탁한 소리, 그리고 뼈가 쟁반에 떨어지는 메마른 울림이 조용한 수술실 안에서 언제까지나 계속되었다. 하시모또 교수의 이마에 다시 땀이 흐르기 시작하자 간호부장이 몇번이나 발돋움해서 닦아주었다.

"수혈은?"

"이상 없습니다."

"맥박과 혈압은?"

"괜찮습니다."

"제1늑골에 이르렀군." 하시모또 교수가 중얼거렸다.

흉곽 성형술 가운데 가장 위험한 곳에 다다른 것이다.

스구로는 타베 부인의 혈액이 갑자기 거무스름해진 것을 깨달았다. 순간 뭔가 불길한 예감이 머리를 스쳤다. 하지만 하시모또 교수는 묵묵히 등세모근을 가르고 있었다. 혈압을 체크하고 있던 간호사나 아사이 조교는 아무 말이 없었다.

"절단 가위" 하고 외칠 때 하시모또 교수의 몸이 조금 흔들렸다.

"이러게이터는 괜찮나?"

그는 알아차렸다. 피가 검은빛을 띠기 시작했다는 것은 환자 상태가 정상이 아니라는 증거였다. 출혈이 심했던 걸까? 스구로는 하시모또 교수의 얼굴이 밀랍을 입힌 듯 땀으로 번들거리는 것을 보았다.

"이상 없나?"

"혈압이……" 돌연, 젊은 간호사가 당황하여 목소리를 높였다. "혈압이 떨어졌습니다."

"산소호흡기를……" 아사이 조교가 신경질적으로 소리쳤다. "서둘러!"

"땀이 눈에—땀이 눈에 들어갔어" 하며 교수가 비틀거렸다. 간호부장이 떨리는 손을 들어 그의 이마에 가제를 갖다댔다.

"빨리 가제를."

가제로 피를 닦아내고 지혈을 했는데도 출혈은 멈추지 않았다.

하시모또 교수의 손놀림이 빨라졌다.

"가제…… 가제…… 혈압은?"

"떨어지고 있습니다."

그 순간 하시모또 교수는 고통에 일그러진 얼굴로 이쪽을 돌아보았다. 그것은 이제 막 울음을 터뜨리려고 하는 어린애의 얼굴과 닮아 있었다.

"혈압?"

"가망 없습니다." 아사이 조교가 말했다. 그는 벌써 마스크를 벗어서 던지고 있었다.

"죽었습니다……"

맥박을 재던 간호부장이 힘없이 말했다.

그녀가 손을 떼자 석류처럼 찢긴 사체의 피투성이 팔이 힘없이 처지더니 수술대 가장자리에 부딪혔다. 하시모또 교수는 망연자실한 채 그대로 서 있었다. 아무도 입을 여는 이가 없었다. 무영등 빛을 받아 반짝이며 수술실 바닥을 흐르는 물만이 희미하게 소리를 낼 뿐이었다.

"선생님!" 아사이 조교가 중얼거렸다. "선생님!"

하시모또 교수는 얼빠진 얼굴로 상대방을 올려다보았다.

"뒤처리를 해야 합니다."

"뒤처리……? 그렇지…… 정말 그렇군."

"어떻게 할까요? 어쨌든 우선 봉합해놓지요."

타베 부인은 백치처럼 커다랗게 벌린 입 사이로 빨간 혀를 보이며 쑥 들어간 눈을 부릅뜬 채 이쪽을 응시하고 있었다. 사체가 눈을 부릅뜨고 있는 것은 수술 중에 고통스러워했다는 증거였다. 그녀의 복부와 손 그리고 얼굴에까지 온통 피가 튀어 있었다.

스구로는 무릎에서 힘이 다 빠져버린 듯 바닥에 쭈그려앉았다. 머릿속에서 뭔가 양철 깡통이 유리와 부딪는 듯한 소리가 끊임없이 들려왔다. 그는 토할 것 같아 손으로 자꾸 눈을 비비면서 이마의 땀을 닦았다.

아사이 조교가 하시모또 교수를 대신하여 이불처럼 찢어진 사체를 꿰매었고, 그것을 간호부장이 알코올로 닦기 시작했다.

"붕대로 감싸." 아사이 조교가 목청을 높였다.

"전신을 붕대로 감싸라고."

하시모또 교수는 의자에 앉아 바닥의 한 점을 멍하니 응시하고 있었다. 수술실의 소음이나 조교의 목소리가 들리지 않는 듯했다.

"환자를 병실로 옮긴다. 환자 가족에게는 수술 경과를 일절 말하지 말 것."

아사이 조교는 쉰 목소리로 이렇게 말하고는 사람들을 둘러보았다. 모두 겁먹은 듯이 등을 벽으로 향한 채 서 있었다.

"병실에 돌아가면 바로 링거를 꽂아. 그외 수술 후의 조치는 모두 그대로 한다. 환자는 죽지 않았어. 내일 아침에 죽은 것으로 하는 거야."

그의 목소리는 기존에 연구실에서 들어온 달콤하고 높은 소리가 아니었다. 땀에 젖은 그의 콧등 위로 테 없는 안경이 흘러내렸다.

운반차에 사체를 싣고 하얀 천을 씌운 뒤 젊은 간호사가 비틀거리면서 밀었다. 그녀에게는 그것을 밀 힘조차 남아 있지 않은 것 같았다.

복도에서 타베 부인의 어머니와 언니인 듯한 사람이 창백한 얼굴로 달려왔다.

"수술은 무사히 끝났습니다." 아사이 조교는 애써 평온을 가장하면서 미소를 지었지만 목소리는 쉬어 있었다. 오오바 간호부장은 가족들이 운반차에 접근하는 것을 되도록 막기 위해 가운데에 끼어들었다.

"그런데 오늘밤이 고비입니다. 방심은 금물이기 때문에 모레까지 면회 금지입니다."

"우리도 말입니까?" 언니인 듯한 사람이 따지듯 소리쳤다.

"죄송합니다만, 그렇습니다. 오늘은 간호부장과 제가 철야로 간병하니 안심하세요."

병실 문은 열린 채로 있었다. 혈압을 재던 젊은 간호사가 울상이 되어 달려왔다. 그녀는 방금 아사이 조교가 지시한 연기를 어떻게 해야 하는지 잘 모르는 것 같았다.

병실 문 입구에서 오오바 간호부장이 주사상자를 받아들었다. 그녀만이 가면을 쓴 듯 무표정했다. 이럴 때 무엇을 어떻게 하면 좋을지 오랜 경험으로 터득하고 있는 사람은 그녀뿐이었다. 아사이 조교는 벌써 병실 안에서 기다리고 있었다.

스구로는 복도 창에 얼굴을 대고 망연히 있었다. 조교가 "자네는 여기서 비밀이 새어나가지 않도록 지키고 있게"라고 지시했기 때문이다. 타베 부인의 가족이 이쪽으로 오는 것을 토다가 복도 모퉁이에서 막고 있었다.

"그렇지만—"

"부인."

토다가 외치는 소리가 들려왔다.

"어떻게 되었나?"

얼굴을 들자 양손을 진찰복 호주머니에 찔러넣은 시바따 조교수가 그를 바라보고 있었다.

"수술은 성공했나?"

스구로가 고개를 젓자 순간 조교수의 야윈 볼에 엷은 조소가 천천히 떠올랐다.

"죽었나? 별수 없군. 언제였나?"

"제1늑골 때요." 스구로가 숨을 가쁘게 쉬며 대답했다.

"그래? 교수도 나이를 먹었군."

그런데 그가 병실로 들어갔다. 그리고 당황해서 돌아보는 조교에게 머리를 끄덕여 보이고는 사체 다리에 꽂혀 있는 링거 바늘을 손으로 움켜쥐었다.

'도대체 이게 뭐지? 이게 대체 뭐냔 말이야?' 머릿속에서 째깍거리는 시계 초침 소리가 울렸다. '뭘까, 뭘까, 도대체 뭘까?'

토다가 다가왔다. 그는 아무 말 없이 직접 말아 만든 담배를 쎌룰로이드 케이스에서 꺼내 스구로에게 내밀었지만 스구로는 힘없이 손을 저으며 거절했다.

"코미디인 기라." 병실을 힐끗 보고 나서 입으로 담배를 가져가는 토다의 손이 떨렸다.

"정말 대단한 코미디인 기라."

"코미디라꼬?"

"그래. 아사이도 생각했겠지. 수술 중에 환자가 죽으면 전적으로 교수 책임이지만 수술 후에 죽었다 카면 그건 집도 의사의 잘못이 아이니까. 선거운동 때도 변명할 수 있지 않겠나."

스구로는 토다를 뒤로한 채 복도를 걸어갔다.

"무슨 일이 있는 겁니까?"

잿빛 그림자에 잠긴 복도 안쪽에서 죽은 환자의 가족이 말을 걸어왔지만 그는 묵묵히 계단을 내려갔다.

자전거를 탄 간호사가 해 질 녘의 구내를 지나갔다. "사까다坂田씨!" 하고 병실 창에서 누군가가 그녀를 불렀다. 소독실 굴뚝에서 우윳빛 연기가 천천히 하늘로 올라가 퍼지고 있었다. 포플러 아래에서는 그 노인이 또 삽질을 하고 있었다. 평소와 다름없이 한결같은 해 질 녘의 풍경을 바라보며 스구로는 돌연 웃고 싶어졌다. 무엇이 우스운지 자신도 알 수 없었다……

IV

수술이 실패했다는 소문은 당사자들의 침묵에도 불구하고 땅에
스며드는 오수汚水처럼 교실과 병동에 이미 퍼져 있었다. 간호사실
에서도 연구실에서도 두어사람만 모였다 하면 이 이야기로 수군거
렸다. 타베 가족은 오오스기 부장의 친척이라는 체면 때문에 드러
내놓고 항의하지는 않았지만 작고한 부장의 제자인 내과 교수들은
제1외과가 내과의 의견을 무시하고 억지로 수술을 앞당겼기 때문
이라고 비난하는 모양이었다. 하여간 이 사건으로 부장 선거에서
하시모또 교수가 추천받을 가능성은 거의 사라진 듯했다.

지금 스구로는 그런 모든 일이 어떻게 되든 상관없었다. 요 근래
마음이 백지처럼 텅 비고 몸도 무겁게 가라앉아 병원 일에 열의와
관심을 가질 수 없었다.

시바따 조교수가 생각났다는 듯이 아주머니의 수술을 이삼개월
연기한다고 알린 것은 타베 부인이 죽은 지 사흘째 되는 날이었다.
"또다시 수술로 죽는 환자가 생긴다면 제1외과의 체면이 완전히
땅에 떨어지기 때문이야"라며 조교수는 야윈 볼을 일그러뜨리며
웃었지만 스구로에게는 먼 나라 이야기처럼 들렸다. 아주머니에게
알려주고 싶은 마음도 기쁨도 일지 않았다.

겨울의 희미한 햇살이 비쳐드는 안뜰에서 삽질을 하는 일꾼을
바라보며 '이 노인은 언제까지나 같은 일을 되풀이하겠지' 하고 생

각했다. 돌이켜보면 벌써 두주 동안 노인은 같은 장소를 파고 있었다. 마치 포플러를 베라고 지시한 사람이나 이런 세상에 대해 남몰래 복수라도 시도하듯 파서는 메우고 메우고는 다시 파는 일을 반복하고 있는 것 같았다.

'앞으로 어떻게 하지?' 하고 때때로 생각하곤 했다. '이것이 의사라는 것일까? 이것이 의학이라는 것일까?' 하지만 생각하기도 귀찮고 생각한들 알 수 있을 것 같지도 않았다. 단기 현역 입대가 코앞으로 다가온 지금 모든 것이 어떻게 되든 상관없다는 생각마저 들었다.

그런 텅 빈 공허감이 때로는 갑자기 어두운 분노로 바뀌기도 했는데, 스구로가 아주머니를 때린 것도 그런 감정에 사로잡혔기 때문이다.

그날 스구로는 약으로 쓰는 포도당 덩어리를 임상 때 몰래 아주머니의 베갯머리에 넣어주었다. 아베 미쯔가 곁눈으로 보고 있었지만 스구로는 모르는 척했다. 이전에도 때때로 그는 이 무료진료 환자에게 포도당을 주었다. 다음날 그가 공동입원실에 우연히 들렀을 때 아주머니는 가녀린 손을 얼굴 위에 얹은 채 잠들어 있었고 그가 준 누런 포도당 덩어리는 전혀 손도 안 댄 채 바닥에서 뒹굴고 있었다.

'응석을 부리고 있군. 내게 부탁하면 언제라도 줄 거라고 생각하는 거겠지.' 자신이 준 포도당이 아주머니에게는 식량과 바꿀 수 있는 귀중한 물자라는 걸 알고 있었기 때문에 스구로는 더욱 화가 치밀었다.

그날 오후 공동입원실 환자 전원의 혈침血沈 검사가 있었다. 검사 장에 미쯔는 나타났지만 아주머니의 모습은 보이지 않았다.

"아줌마는요?"

"그 사람은 몸이 좀 안 좋다고 하던데요."

스구로는 텅 빈 공동입원실로 갔다. 아주머니는 이불이 어지럽게 흩어져 있는 침대 위에 단정치 못한 모습으로 혼자 앉아 등을 돌린 채 포도당을 양손에 쥐고 쥐처럼 갉아먹고 있었다. 그 비굴한 모습과 산발한 누런 머리를 보자 스구로는 말할 수 없는 한심함을 느꼈다.

"왜 오지 않았어?"

"에―" 아주머니는 양손으로 입을 가린 채 대답을 하지 않았다.

"오라고 했는데."

스구로는 엉겁결에 그녀의 손을 거칠게 잡아당겼고, 그녀는 때에 찌든 이불 위로 쓰러졌다. 그 겁먹은 얼굴을 그는 손바닥으로 때렸다.

하시모또 교수는 요즘 거의 연구실에 나오지 않았다. 주 2회 있는 회진은 그를 대신해 시바따 조교수가 하게 되었다. 타베 부인이 쓰던 병실에는 침대에서 분리되어 나온 매트가 바닥에서 뒹굴었고 신발의 흙이 찍힌 두어장의 신문지가 여기저기 흩어져 있었다.

수술 실패로 하시모또 교수가 모습을 드러내지 않자 연구실이나 간호사실, 병동까지 모두 느슨해져 어수선했다. 깨진 창과 복도에는 뿌연 먼지가 쌓였으며, 간병인들은 일을 소홀히 했고 환자들도 규정을 준수하지 않았다.

"일본도, 이 제1외과도 이제 무너지는군." 토다가 온기 없는 방에서 제자리걸음을 하며 자조했다. "이제 될 대로 되라 그래. 니도 빨리 견습 군의관이 되어 이딴 곳을 떠나는 게 좋을 끼다."

"될 대로 되라고?" 스구로가 눈을 깜박이면서 말했다. "내사 이제 아무래도 상관없다. 그건 그렇다 캐도 니는 우째서 단기 현역을 지원하지 않는 긴데?"

의학부 연구원은 단기 현역에 지원하면 짧은 훈련을 거쳐 바로 견습 군의관이 될 수 있었다.

"누구? 나?" 토다는 언제나처럼 입가에 희미한 조소를 지었다. "내사 싫다."

"안 그라믄 이등병 아이가."

"그땐 그때고. 난 사병으로 죽어도 괘안타."

"우째서?"

"뭘 하든 똑같으니까. 모두가 죽어가는 시대 아이가."

그 무렵 스구로는 다시 한번 트럭에 실려온 미군 포로를 제2외과 입구에서 보았다. 젊은 병사 두명이 요전처럼 권총을 허리에 차고 차문 옆에 서 있었다. 스구로가 그 앞을 지나갈 때 포로들은 감자를 한 손에 들고 베어먹으면서 트럭에 올라타는 중이었다. 그들은 자신들의 큰 키나 길쭉한 팔다리에 비해서도 너무 길고 헐렁한 작업복을 입고 있었고 그중 한사람은 목발을 짚고 있었다.

이전과 달리 스구로는 이들에게 아무런 흥미나 호기심이 일지 않았다. 갈색 턱수염을 기른 이가 있는가 하면 아직 소년티가 가시지 않은 포로도 있다. 그는 이들에게 연민이나 동정이나 적의나 증오를 느끼지 못했다. 길에서 스쳐지나 평생 얼굴도 기억나지 않을 사람들을 대하듯 그는 무관심하게 그곳을 지나갔다. 그들이 포로이고 자신은 그렇지 않다는 것이 무슨 차이가 있는가? 스구로는 그런 걸 느끼는 것조차 귀찮았다.

포로들을 본 지 일주일쯤 지난 어느날 오후 무렵, 오랜만에 F 시에 긴 공습이 있었다. 평소보다 적기의 수가 많았기 때문에 병원에서는 환자들 중에 걸을 수 있는 사람은 걷게 하고 걷지 못하는 사람은 들것에 실어 지하실로 대피시켰다. 의학부는 F 시에서 이십리나 떨어져 있지만 창이 흔들릴 정도로 심하게 땅이 울렸고, 고사포가 작렬하는 소리가 빵, 빵 하고 들려왔으며, 잿빛 구름 속을 B29기가 둔탁한 소리를 내며 계속 날고 있었다.

해 질 녘이 되어서야 겨우 적기는 남쪽 바다로 돌아갔다. 옥상에 올라가서 보니 F 시의 동서남북에서 일제히 희뿌연 연기가 솟아올랐고 후꾸야 백화점도 불타고 있었다. 연기가 엷어질 때마다 주황색 불꽃이 흔들거리는 것이 뚜렷이 보였다.

그 불꽃과 연기 때문에 생긴 것인지 거대한 먹구름이 동쪽 지평선에서 서서히 몰려오더니 이윽고 재가 섞인 찬비가 밤새 내렸다. 병원에서는 공동입원실 환자에게도 군에서 보내준 작고 딱딱한 빵을 다섯개씩 특별히 배급했다. 스구로는 그날밤 당직이었기 때문에 하숙집으로 돌아가지 않고 각반을 찬 다리를 모포로 감싸고 연구실 책상 위에 엎드려 잤다.

아직 어두운 새벽녘인데 스구로는 간호사가 깨워서 일어났다. 아주머니가 죽은 것이었다. 공동입원실로 달려가니 그녀의 침대 옆에는 초 한자루가 켜져 있었고, 그 어두운 불꽃 앞에 미쯔가 혼자 서 있었다. 다른 환자들은 모르는지 알면서도 관심이 없는지 이불로 얼굴을 덮고 있었다.

스구로가 손전등으로 비춰 보니 아주머니는 얼굴을 옆으로 돌린 채 숨이 끊어져 있었다. 벌어진 입에서 침이 흘러나왔다. 꽉 쥐고 있는 왼손의 손가락을 억지로 벌리니 지난밤에 배급받은 돌같이 딱딱한 빵이 굴러떨어졌다. 그것을 보자 스구로는 얼마 전에 아무도 없는 병실에서 남몰래 포도당 덩어리를 앞니로 갉아먹던 아주머니의 모습과 그런 그녀를 손바닥으로 때린 일이 고통스럽게 떠올랐다.

"그 깃발은 아들이 잘 받았겠지요?" 미쯔가 홀로 중얼거렸다.

그 깃발에 '필승'이라는 글자를 썼을 때 이미 예감은 하고 있었다. 하지만 그것은 수술에 의한 죽음이었지 이런 자연사는 아니었다. 공습으로 인한 쇼크와 밤새 내린 차가운 비가 그녀에게 좋지 않았던 것이다.

다음날에도 비가 계속 내렸다. 스구로는 감기에 걸렸는지 심한 두통에 시달렸다. 아주머니의 시신은 언젠가 땅을 파던 노인의 손에 의해 나무상자 속으로 옮겨졌다. 비를 맞으며 인부와 노인이 상자 나르는 것을 스구로는 연구실 창에 얼굴을 댄 채 눈으로 배웅했다.

"어디에 묻히는 거지?"

"모르겠는데. 이것으로 니 방황도 사라진 셈이군." 토다가 뒤에서 말을 건넸다.

"집착은 곧 방황이니까."

자신이 어째서 아주머니에게만 그토록 오랫동안 집착했을까 하고 스구로는 생각했다. 그는 이제야 비로소 알 것 같았다. 토다가 말한 대로 모두가 죽어가는 세상에서 단 한사람이나마 살려보고자 했던 것이다. 나의 첫 환자, 그녀가 나무상자에 담겨 빗속에서 옮겨지고 있다. 스구로는 이제 오늘부터 전쟁도 일본도 자신도 모두가 될 대로 되라고 생각했다.

V

아주머니가 죽던 날 밤 연구실에서 잤기 때문인지 스구로는 감기에 걸렸다. 열이 나서 몸이 몹시 나른했다. 토다와 책상을 나란히 하고 일하는데 머리가 아프고 속이 메스꺼웠다.

"아지매한테서 결핵이 옮은 거 아이가? 그라고 보니 낯빛도 거무스름해졌다." 토다가 말했다. 그 이야기를 듣고 거울을 보니 얼굴이 검푸르게 부어올라 있었고 눈동자는 탁해져 흐리멍덩해 보였다.

"시바따 선생님이 부르십니다."

그러던 어느날, 간호사가 문에서 얼굴을 내밀고 말을 전했다. 수술하던 날 혈압을 재던 간호사였다.

"그래? 지금 당장?"

"예, 지금 당장 오라고 하십니다."

"머리가 아픈데."

나른한 몸을 이끌고 토다와 제2연구실에 들어서니 시바따 조교수와 아사이 조교 옆에 살찌고 얼굴빛이 붉은 군의관이 허리에 칼을 차지 않은 채 앉아 있었다. 군의관은 스구로 일행을 힐끗 쳐다보고는 "그럼" 하고 한마디 하고는 방을 나갔다.

화로 속에 은빛 숯이 푸른 가스를 내며 타고 있었다. 탁자 위에는 담배 봉지와 함께 약용 포도주가 조금 남은 잔이 놓여 있었다.

"거기 앉게. 방금 그 군의관, 담배를 놓고 나갔군."

조교수는 회전의자를 삐걱거리면서 잠시 동안 다리를 흔들었다.

"토다 군, 스구로 군, 그 담배 피워도 되네."

아사이 조교는 일어서더니 등을 돌린 채 창밖을 바라보았다. 두 사람에게 뭔가 이야기를 꺼내려고 기회를 엿보고 있음을 토다와 스구로는 알아차렸다.

"토다 군의 연구 제목은 '공동空洞 유도 치료법'이지?" 조교수는 홀쭉한 볼에 억지웃음을 지었다. "진척은 좀 있나? 현재로서는 어려운 주제지. 모날디의 이론 외에 새로운 자료는 찾았나?"

토다는 대답 없이 담뱃갑에서 담배를 꺼냈다. 불을 붙이자 그 담배 특유의 종이 냄새가 가득 퍼지더니 숯불 냄새와 섞여 스구로의 속을 메슥거리게 했다.

"스구로 군, 나는 닭 쫓던 개 꼴이 됐지 뭔가."

"네?" 몸살기와 두통을 참으면서 스구로는 겨우 말했다.

"뭐 말입니까?"

"그 공동입원실 환자 말이야, 새로운 수술법을 시도해보고 싶었는데 죽어버렸으니."

"먹이를 놓친 기분이시겠죠." 토다가 비꼬듯이 말했다.

"아니, 실연당한 기분이시래. 그렇죠, 조교수님?" 창밖을 보고 있던 아사이 조교가 여성스러운 목소리로 말했다.

'빨리 용건만 말하면 좋겠는데.' 스구로는 숯불 냄새가 일으키는 메스꺼움을 참으면서 생각했다. 하지만 조교수는 손바닥 위에 잔을 놓더니 눈을 내리뜬 채 빙빙 돌리고만 있었다.

"싫은 일이지만, 어차피 하시모또 교수님으로부터—내일쯤 이야기가 있을 테니. 실은……" 조교수가 이야기를 시작했다. "실은 말이야, 자네들을 참가시킬까 말까 꽤나 논의했다네."

그렇게 말을 꺼내더니 입을 다물었다. 그리고 다시 잔을 손바닥 위에서 돌리기 시작했다. 스구로는 머리에서 배어나오는 진땀을 손으로 닦았다. 숯불이 파르스름하게 타오르며 썩은 생선 냄새를 풍겼다.

"이런 일은 좀처럼 없어서 말이야. 의학자로서—그러니까 어떤 의미에서는 가장 바라던 기회여서……"

그가 잔을 돌릴 때마다 의자가 끼익끼익 소리를 냈다.

"게다가 자네들도 알겠지만 하시모또 교수님은 지난번 수술 이후 곤도오 교수의 제2외과에 밀리는 기색이 있네. 이 기회에 그들과 손잡고 서부군 군의관과 사귀어놓는 것도 나쁘지 않을 테고—그 호의를 거절해서 녀석들 기분을 상하게 할 필요도 없고…… 하기야 자네들이 싫다면 어쩔 수 없지만 곤도오 교수 측에서도 다섯명이 참가하는 것 같고, 이쪽도 교수님과 나 그리고 아사이 군과 자네 둘 하면 다섯이 되니까."

"수술입니까?" 토다가 물었다. "선생님이 저희에게 참가하라고 하시는 것이?"

"강제는 아니네. 단, 승낙하지 않더라도 이 내용은 절대 비밀로 하지 않으면 안되네."

"그게 뭡니까?"

"미군 포로의 생체를 해부하는 거라네."

어둠속에서 잠이 깨자 저 멀리 바다가 울부짖는 소리가 들려왔다. 그 바다는 검은빛으로 넘실거리며 밀려왔다가 다시 검은 너울을 일으키며 멀어져가는 듯했다.

'나는 왜 이 해부에 입회하기로 설득당한 것일까?' 잠에서 깬 스구로는 생각했다. 아니, 설득당했다는 것은 잘못된 말이다. 거절할 생각이 있었다면 그날 오후 시바따 조교수의 방에서 분명히 거절할 수 있었다. 그런데도 아무 말 없이 승낙해버린 이유는 토다가 하겠다고 했기 때문일까? 아니면 그날의 두통과 메스꺼움 때문일까? 그때 파르스름하게 타오르던 숯불과 토다의 담배 냄새 때문에 머리가 무거워 아무 생각도 할 수 없었다. "어떻게 하겠나? 스구로 군." 아사이 조교가 테 없는 안경을 번쩍이며 얼굴을 들이댔다. "결정은 자네 자유라네. 정말이야."

방으로 돌아온 약간 뚱뚱한 군의관이 등 뒤에서 웃으며 말했다.

"그 자식들 무차별로 폭격해대던 놈들이야. 서부군에서는 총살형으로 결정났기 때문에 어디서 죽든 마찬가지야. 에테르로 마취를 시켜주니까 잠든 사이에 가게 되는 거지."

아무래도 좋다. 내가 해부에 참여하기로 한 것은 그 파르스름한 숯불 때문이었는지 모른다. 아니면 토다의 담배 냄새 때문이었는지도. 이것이든 저것이든 어느 쪽이든 상관없다. 생각하지 말자. 잠이나 자자. 생각해본들 별도리도 없다. 나 혼자서는 어떻게 할 수 없는 세상인 것이다.

잠들었다가는 깨고 깼다가는 다시 깜빡 잠이 들었다. 꿈속에서 그는 파편처럼 검은 바다에 휩쓸려가는 자신의 모습을 보았다.

그날부터 토다와 스구로는 연구실에서 얼굴을 마주치더라도 시선을 피했다. 둘이서 이야기를 나누다가도 혹시 화제가 그 소용돌이 속으로 빠질 듯하면 한사람이 급히 화제를 바꿔버렸다. 왜 자신이 조교수의 제의를 받아들였는지조차 서로 털어놓지 않았다. 할 얘기가 없어지면 그들은 굳은 얼굴로 묵묵히 일에만 매달렸다.

아사이 조교는 해부를 하루 앞두고 남몰래 예정표를 두사람에게 건넸다. 실험에는 세명의 포로를 사용하고, 제1외과가 이 해부를 담당한다고 되어 있었다. 해부와 실험 과정은 다음과 같다.

1. 제1포로에 대해서는 혈액에 생리식염수를 주입하고 사망 때까지의 최대 주입 가능량을 조사한다.

2. 제2포로에 대해서는 혈관에 공기를 주입하고 사망 때까지의 공기량을 조사한다.

3. 제3포로에 대해서는 폐를 절제하고 사망 때까지의 기관지 절단의 한계를 조사한다.

집도: 하시모또 교수, 시바따 조교수
제1조수: 아사이 히로시
제2조수: 토다 쯔요시
제3조수: 스구로 지로오

제1포로에게 행하는 실험은 전쟁의학에서는 으뜸가는 요청이었다. 보통 혈액 대용으로 쓰이는 생리식염수는 증류수 100에 염화를 0.85퍼센트로 혼합한 것이다. 수혈을 필요로 하는 환자에게 이 대용혈액을 어느 정도까지 인체에 주입할 수 있는지는 아직까지 명확하게 밝혀지지 않았다. 일반적으로 2리터나 3리터는 괜찮다고 하나 그 이상은 확실치 않다.

제2포로에게 행하는 실험은 공기를 혈관에 주입하는 것인데 토끼의 경우에는 공기 5cc만으로도 즉사한다. 그러나 인체의 경우에는 어떤 결과가 나올까.

제3포로에게 행하는 실험이야말로 폐 외과의가 어떻게 해서라도 알고 싶어하는 문제이다. 흉곽 성형술보다 더 바람직한 폐절제 치료법은 토오호꾸東北 대학의 세끼구찌關ㅁ 박사나 오오사까大阪 제국대학의 오자와小澤 교수에 의해 행해진 적이 있지만, 문제는 기관지를 어느 정도까지 제거해도 괜찮은가 하는 점이다.

스구로는 예정표를 보며 제1실험과 제2실험은 하시모또 교수가 아니라 시바따 조교수의 제안일 거라고 생각했다. 그는 눈을 깜박거리면서 볼이 홀쭉한 조교수의 얼굴을 떠올렸다.

실험이 바로 다음날로 다가온 날, 밤이 되자 스구로는 별 이유 없이 서랍과 책상 위를 정리했다. 토다는 담배를 피우면서 그런 스구로를 물끄러미 바라보았다.

"내, 이제 갈란다." 스구로가 말했다.

"그래." 토다가 공허한 목소리로 대답했다.

"잘 있그라."

"기다리봐라……" 돌연 토다가 입구 쪽으로 걸어가는 스구로를 불러세웠다.

"뭔데?"

"일단 앉아봐라."

앉긴 했지만 스구로는 할 말이 없었다. 말을 하면 전부 거짓말이 되고 토다에게 웃음거리가 될 것 같은 기분이 들었다.

"담, 배."

토다가 쎌룰로이드 케이스를 내밀고 직접 말아 만든 볼품없는 담배를 스구로에게 권했다. 스구로는 그중 하나를 들고 금방이라도 꺼질 것 같은 부싯깃을 말없이 뚫어져라 바라보았다.

"니는 바보데이."

토다가 중얼거렸다.

"뭐가?"

"거절하고 싶으면 아직 기회가 있다 아이가."

"응."

"거절 안할 끼가?"

"으응."

"신이란 게 진짜 있을까?"

"신?"

"뭐라 캐야 되노. 이상한 이야기 같지만 인간은 자신의 등을 떠미는 무언가로부터—운명이라 카나, 도저히 못 벗어난다 아이가. 그런 무언가로부터 해방해주는 걸 신이라 칸다면 말이다."

"글쎄, 내사 마 잘 모르겠다." 불이 꺼져버린 담배를 책상 위에 올려놓으며 스구로는 대답했다. "내는 인자 신이 있든 없든 상관 없다."

"그래도 니한테는 아지매가 일종의 신과 같은 존재였는지 모른다."

"어어."

그는 일어서서 구명대를 들고 복도로 나왔다. 토다는 더이상 불러세우지 않았다.

제2장
재판받는 사람들

I. 간호사

집안 사정으로 스물다섯살에 간신히 F시에 있는 간호학교를 졸업한 저는 의대 병원에서 일하게 되었습니다. 그해 여름 이 병원에서 저는 맹장 수술로 입원했던 남편과 알게 되었습니다.

남편과의 일은 이제 잊고 싶고 결혼생활도 한가지를 빼면 이 수기와 관계가 없기 때문에 자세히 적지 않겠습니다. 다만 그 무렵의 그에 대해 생각나는 것은 늦더위의 따가운 햇살이 흘러들어오는 이층 병실에서 잔주름이 있는 얇은 셔츠와 무릎까지 오는 속옷을 입고 누워 있던 모습입니다. 작은 키에 아랫배가 튀어나온 그 사람은 땀이 많은 체질로 언제나 더워했습니다. 그 땀을 닦아주는 것이 간호사인 저의 역할 중 하나였습니다. 당시엔 코끼리처럼 가늘고 거슴츠레한 눈을 가진 그에게 별 흥미나 호기심을 가지고 있지 않았습니다.

어느날 그는 돌연 제 배에 얼굴을 비비며 손을 잡았습니다.

지금도 왜 그때 제가 그것을 허락했는지 모르겠습니다. 혼기를 놓친 스물다섯의 나이가 갑자기 머리에 떠오른데다 만철滿鐵[3] 사원이라는 그의 지위도 고려한 듯합니다. 게다가 부끄러운 일이지만 그 당시 저는 정말이지 아이를 갖고 싶었습니다. 아무 남자의 아이나 괜찮다고까지는 할 수 없지만 그 남자의 아이라면 낳아도 괜찮겠다고 생각했습니다.

매미가 병실 너머에서 숨 막히게 울어댔고, 그의 손은 땀으로 끈적하게 젖어 있었습니다.

남편의 집이 오오사까였기 때문에 결혼식은 야꾸인쪼오藥院町에 있는 제 오빠 집에서 올렸습니다. 의상 대여점에서 빌린 길이가 짧은 예복을 입은 그가 식이 진행되는 동안 오른손으로 자꾸만 굵은 목덜미의 땀을 닦던 일을 지금도 기억합니다. 식이 끝나자 바로 시모노세끼下關에서 배를 타고 다렌大連으로 향했습니다. 남편이 만철의 F시 출장소에서 다롄 본사로 되돌아가는 것이었습니다.

우리가 탄 배는 '미도리마루'라는 배였는데 삼등 선실은 만주개

---

3 남만주 철도 주식회사의 약칭.

척단 사람들로 가득했으며 주방에서 풍겨오는 생선 비린내와 단무지 냄새가 진동했습니다.

시모노세끼 밖으로 나가본 적이 없던 저로서는 바다를 건너는 것도, 미지의 관동주關東州라는 식민지에 가는 것도 매우 불안했습니다. 돗자리를 깐 바닥 위에 제각각 고리짝이나 낡은 트렁크를 놓고 아무렇게나 잠든 개척단 가족들의 얼굴을 보고 있자니 제 자신도 본국을 떠나 멀리 돈벌이하러 가는 사람 같았습니다. 밤이 되자 그들은 큰 소리로 군가를 불렀습니다. 남편은 뱃멀미로 힘들어하는 제 몸을 만지고 싶어했습니다.

"싫어요. 저리 가요." 저는 남의 눈을 꺼려 통통한 그의 몸을 밀어냈습니다. "당신, 어째서 삼등실에 탄 거예요? 귀항비歸航費는 나라에서 나오잖아요."

"다롄에 도착하면 이래저래 돈이 많이 들어. 조금이라도 아껴서 남기지 않으면 안돼."

그러고는 코끼리 같은 눈을 한층 가늘게 뜨고 내 몸을 핥듯이 바라보며, "토할 것 같아? 설마 그건 아니지? 조금 빠르긴 한 것 같은데……" 하고 말하는 것이었습니다. 종일 선실의 둥근 창으로 동중국해의 검은 해면이 떠올랐다가 가라앉고 그리고 기울어지곤 했습니다. 바다의 움직임을 멍하니 바라보며 저는 '아, 이게 결혼생활이구나!' 하고 생각했습니다.

나흘째 아침, 다롄 항에 도착했습니다. 비가 석탄창고의 지붕을 적시고 있었습니다. 허리에 권총을 찬 군인에게 호통을 들으면서 중국인 인부가 야윈 몸을 이끌며 커다란 콩 자루를 어깨에 짊어지고 배에 올라탔습니다. "저놈들은 피아노도 둘이서 거뜬히 나른다니까." 남편이 손가락으로 그들을 가리키며 둥근 창에 얼굴을 대고 있던 제 귓가에다 말했습니다.

귀가 길쭉한 당나귀가 끄는 마차 여러대가 부두에서 손님을 기다리고 있었습니다. "저건 당나귀가 아니고 만주마滿洲馬야." F 시에 오기 전 사년간이나 다롄 본사에서 근무했던 그는 항구에서 사택으로 향하는 도중 의기양양하게 설명했습니다. "이쪽이 야마가따山縣 길이고 저쪽이 오오야마大山 길인데, 큰길은 모두 일로 전쟁 때의 대장 이름을 붙인 거야."

"중국인과 사귄 적 있어요?" 저는 불안한 마음에 땀이 밴 남편의 손가락을 꽉 잡고서 '이곳에서 의지할 사람은 이 남자밖에 없다'라고 자신을 달랬습니다.

저희 집은 다롄 신사神社 가까이에 있었습니다. 겨울에 추운 이 도시에는 목조 가옥이 없었습니다. 저희 집도 거무스름한 벽돌로 지어진 작은 단층집으로 주위에는 똑같은 형태를 한 사택이 몇채 늘어서 있었습니다. 방은 둘밖에 없었지만 벽에 뻬치까라는 난방 설비가 되어 있는 것이 재미있었습니다.

처음 얼마 동안 저는 이 식민지의 거리를 신기하게 생각했습니다. 잘 손질된 아까시나무 가로수나 러시아풍 건물이 우중충한 일본 거리와는 어딘지 달랐습니다. 군인이든 시민이든 일본인이라면 활개를 치며 걸었고 모든 것이 생기 있어 보였습니다.

"만주인은 어디서 살아요?"라고 남편에게 물으니,

"도시 변두리에" 하고는 웃으며 "거긴 더러운 곳이야. 마늘 냄새 때문에 당신은 다니지도 못할 거야"라고 했습니다.

점점 배급 사정이 어려워지던 본국과는 달리 물가는 놀랄 만큼 낮았고 물자도 풍부했습니다. "부인, 생선 있습니다." 매일 아침 신선한 생선이나 채소를 팔러 오는 중국인들은 이쪽에서 깎는 대로 가격을 깎아주었습니다. 10전으로 큰 왕새우 한두마리는 살 수 있었습니다. "그놈들에게 얕보이면 안돼. 물건 살 때는 꼭 깎아야 된다니까." 매일 아침 가계부를 조사하면서 남편은 끊임없이 내게 훈계했습니다.

그가 말한 대로 이 도시에 와서 이개월도 채 안된 사이에 일본인으로서 제일 먼저 익혀야 하는 것이 만주인에 대한 태도라는 걸 알게 되었습니다. 가령, 우리 옆집에 사는 사이가雜賀 씨는 열대여섯살쯤 되어 보이는 급사를 고용했는데 정원 너머에서 사이가 씨나 부인이 그 급사를 욕하거나 때리는 소리가 들렸습니다. 처음에는 그 욕설을 듣기가 겁났지만 나중에는 익숙해졌습니다. 때리지 않으면 바로 게을러지는 것이 만주인의 성격이라고 남편이 말했습니다. 일주일에 세번 중국 여자가 하녀로 오면서 이윽고 저 역시 그녀를 이유 없이 때리게 되었습니다.

아름다운 도시, 낮은 물가, 본국에 있을 때보다도 사치스러운 생활은 저를 완전히 만족시켜주었고, 그 만족을 곧 결혼생활에 대한 만족이라고 생각하게 되었습니다. 그곳에서 첫 겨울을 맞이하게 되었습니다. 뻬치까가 있는 실내는 일본 집보다 훨씬 따뜻했지만 귤이건 구두건 조금이라도 물기가 있는 것은 돌처럼 꽁꽁 얼어버리는 12월— 회사 일 때문이라며 귀가가 늦는 남편을 기다리고 있는데, 가랑눈이 내리는 바깥 멀리서 삐걱거리는 마차바퀴 소리, 말을 모는 채찍 소리가 들려왔습니다. 저는 임신 중이었기 때문에 아기의 배내옷을 만들거나 하녀에게 허리를 주무르게 하면서 밤을 보내곤 했습니다.

바보 같은 저는 그때 남편이 나니와쵸오浪速町에 있는 '이로하'라는 요정의 종업원을 만나고 있는 사실을 몰랐습니다. 이웃인 사이가 부인에게서 그 얘길 처음 들었을 때는 설마했습니다. 남편에게 물으니 눈을 가늘게 뜨고 웃을 뿐으로, 그가 웃자 저는 남편을 믿고 싶어졌습니다. 그리고 한밤중에 남편의 애무를 받자 한심하게도 몸이 마음의 말을 듣지 않게 되고 결국 남편을 더이상 의심하지 않게 돼버렸습니다.

4월, 본국이라면 봄이 찾아왔겠지만 다롄 시내에는 기름 그을음으로 거무스레한 얼어붙은 눈이 남아 있었습니다. 추위가 여전히 기승을 부릴 때, 저는 만철 병원에서 출산을 기다리고 있었습니다. 이 병원은 만철 사원의 가족은 거의 무료로 입원할 수 있으니 빨리 들어가는 것이 이득이라는 남편의 말을 곧이곧대로 받아들였던 것입니다. 아기를 원하는 저를 입원시켜놓고 다른 여자를 집에 끌어들이리라고는 꿈에도 생각하지 못했습니다.

글을 쓰고 있는 지금, 출산에 대해서는 떠올리기만 해도 고통스럽습니다. 이 수기를 읽으신다면 제가 아이를 가질 수 없는 여자가 되었기 때문에 제 마음과 인생에 금이 갔다는 사실을 알 수 있을 겁니다. 아기는 어째서인지 배 속에서 죽어 있었습니다.

제 마음대로 마스오滿洲夫라는 이름을 지어놓고 즐거워했는데 결국 아이의 얼굴도 몸도 볼 수 없었던 것입니다. 간호학교를 나온 저는 사산이 어떤 결과를 초래할지 어렴풋이 알고 있었기 때문에 의사에게 울며불며 부탁했지만, 결국 모체를 구하기 위해 여자의 생리기관을 뿌리째 도려내야 했습니다.

"걱정할 것 없어." 남편은 코끼리처럼 가는 눈으로 웃으며 말했습니다. 지금 생각하니 그는 아이가 죽어서 오히려 저와 헤어지기 쉬워졌다고 마음속으로 기뻐했을지도 모릅니다. "의사에게 물어보니 그건 괜찮을 거라더군. 무슨 이야기냐고? 그 일 말이야. 게다가 의료비가 무료나 마찬가지니 손해 본 것도 없고 말이지."

그 말을 듣자 비로소 그에게 여자가 생긴 것을 알아차릴 수 있었습니다. 사이가 부인이 말한 것이 사실이었던 것입니다. 하지만 이상하게도 분노나 질투가 생기지 않았습니다. 여자의 생리기관을 뿌리째 도려낸 후의 휑하니 구멍이 뚫린 것 같은 느낌—그 공허감이 저를 완전히 무너뜨려버렸습니다. 아이를 낳지 못하는 돌계집이라면 그나마 괜찮지요. 언젠가는 수술의 힘을 빌려 애엄마가 될 수 있을지도 모르니까요. 그러나 모성을 송두리째 빼앗긴 저는 평생 불구인 여자로 살아갈 수밖에 없었습니다.

퇴원하는 날, 한달 만에 밖으로 나오니 다롄에도 봄이 찾아와 있었습니다. 거리의 모퉁이에 솜털 같은 갯버들 꽃이 바람결에 날리고 있었고 그 하얀 꽃잎이 마중 나온 남편의 땀이 밴 목을 스치고 중국인 하녀가 든 트렁크 위에 춤추듯 사뿐히 내려앉았습니다. 트렁크 속에는 쓸모없게 된 아기의 기저귀와 배내옷이 들어 있었지만 저는 입술을 꽉 깨물며 견뎠습니다.

그리고 이년 후 저는 남편과 헤어졌습니다. 헤어지자는 이야기가 나왔을 때 저도 남들처럼 소리치고 울기도 했지만 그러한 구질구질한 경위를 쓰는 것은 글의 길이만 늘릴 뿐이어서 생략하겠습니다. 이상하게도 그 이년간의 일에 대해서는 딱히 생각나는 것이 별로 없습니다. 지금 억지로 생각해내려고 해도 눈에 떠오르는 것은 살결이 하얀 그의 몸이 점점 뚱뚱해지기 시작한 것, 그가 혈압을 걱정하며 매일 '베르겔'이라는 갈색 액체로 된 약을 먹던 모습 정도입니다. 부부생활이 심장에 나쁘다는 구실로 남편은 밤늦게 귀가해서는 바로 코를 골며 잠들곤 했습니다. (실은 요정 '이로하'의 여자에게 정력을 다 소진했기 때문이라는 것 정도는 알고 있었습니다.) 어둠속에서 뜨거운 커다란 몸뚱이가 이쪽으로 굴러오는 것을 저는 몇번이고 밀어내곤 했습니다. 마음은 물론 생리적인 욕망에 있어서도 더이상 이 남자에 대한 집착은 없었습니다. 아이를 낳을 수 없다는 체념이 저의 성욕까지 완전히 지워버린 것이겠죠. 그럼에도 불구하고 이후 이년이나 그와 생활했던 것은 오히려 저의 나약함이나 체면 때문이었다고 생각합니다. 이런 식민지 도시에서 남자에게 버림받고 본국으로 돌아가는 수많은 비참한 여자 중 한명이 되고 싶지 않았던 것입니다.

　남편과 헤어진 후 저는 삼년 전처럼 미도리마루의 갑판에 기대어 다롄을 떠났습니다. 그날처럼 비가 검은 석탄창고 지붕을 적시고 있었고, 헌병에게 호통을 들으며 중국인 짐꾼이 콩 자루를 등에 지고 나르고 있었습니다. 이제 다시는 이런 풍경이나 이 도시의 모습을 볼 일은 없다고 생각하니 마음이 오히려 후련해졌습니다.

　F 시로 돌아오니 전쟁은 남쪽까지 확대되어 있었고 거리는 군인이나 직공으로 넘쳐났지만 갈수록 힘들어지기만 하는 생활이 다롄과는 하늘과 땅 차이였습니다. 오빠와 올케는 소박맞고 돌아온 저를 좋게 보지 않았고, 저도 억척스러운 성격이라 발끈해서 대학병원의 간호사 자리가 정해지자마자 오빠 집을 나와 의학부 부근의 자그마한 아파트 방에 세를 들었습니다.

　제가 이 병원에서 남편과 알게 된 사년 전과 비교하면 의국 사람들이나 간호사들은 완전히 바뀌어 있었습니다. 예전에 연구원이었던 의사들은 군의관이 되어 출정했고 동료들도 종군 간호사로 소집되어 전쟁터로 가고 없었습니다. 전쟁의 영향이 이렇게 병원에까지 미쳤으리라고는 다롄에 있던 저로서는 꿈에도 상상하지 못했습니다. 제1외과 부장이었던 카끼시따 선생이 돌아가시고 그 대신에 하시모또 부부장 선생이 뒤를 이었다는 것도 근무하고 나서야 알았습니다.

남편과 헤어진 이상 어떠한 일도 참고 견디며 살아갈 생각이었지만 다시 시작한 병원 일이 그다지 즐겁지는 않았습니다. 간호학교 시절부터 줄곧 후배였던 간호사가 지금은 병원 안을 제집인 양 돌아다니며 제게 뭐라고 지시를 했습니다. 숙직실에서 소박맞고 돌아온 저에 대해 이러쿵저러쿵 입방아를 찧고 있다는 것쯤은 알고 있었습니다. 저는 아파트 관리인의 허락을 받아 암컷 잡종견을 주워왔습니다. 식량 사정이 절박한 때에 개를 기르는 것이 얼마나 사치스러운지는 알았지만, 개라도 좋으니 살아 있는 것과 함께하지 않으면 뻥 뚫린 듯 공허한 생활을 위로할 방법이 없었던 것입니다. 이 개에게 마스라는 이름을 붙여준 것도 다롄에서 죽은 아기 마스오에 대한 생각 때문이었습니다. 야단을 치면 바로 겁먹고 오줌을 싸며 방구석으로 기어가는 이 개만이 당시 저에게는 유일한 애정의 배출구였습니다. 하지만 밤에 문득 눈을 떠 아파트에서 멀지 않은 바다에서 들려오는 웅성거리는 파도 소리를 어둠속에서 가만히 듣고 있노라면 말할 수 없는 외로움에 사로잡히곤 했습니다. 그리고 저도 모르게 이불 바깥으로 손을 뻗어 더듬으며 무언가를 찾으려고 했습니다. 완전히 잊었다고 생각한 그의 몸을 아직도 갈구하고 있는 자신을 발견하고 저는 자신이 한심해 눈물을 흘렸습니다. 그 순간 함께 있어줄 누군가가 절실히 필요하다는 것을 느꼈습니다.

지금 이 수기에서 변명 같은 걸 말하기는 싫지만 분명 그때만 해도 하시모또 부장은 제게 있어 직업적으로 의사라는 점 말고는 아무 관심도 없는 노인이었습니다. 일개 간호사에 지나지 않는 저에게는 교수나 조교수처럼 높은 사람들은 지위뿐 아니라 태생에서부터 별세계 사람처럼 느껴졌습니다. 간호사로 불리는 우리들은 하녀와 같은 역할을 하는데, 그런 간호사 중 한명에 지나지 않는 저를 하시모또 부장과 연결시킨 것은 얄궂게도 그의 아내 힐다였습니다.

힐다 씨는 하시모또 부장이 독일 대학에서 유학하고 있을 때 저처럼 간호사였던 여성이었습니다. 이 두사람의 연애에 대해서는 옛날 간호학교 시절에 들은 기억이 있었습니다.

하지만 처음 그녀를 본 때는 병원에서 근무한 지 두주 정도 지난 어느 해 질 녘이었습니다. 체격이 좋은 서양 여자가 커다란 바구니를 부착한 자전거를 끌고 갑자기 제1외과를 찾아왔습니다. 의국에 있던 간호사들이 별안간 일어나 달려가는 바람에 저도 당황하여 그쪽을 바라보았는데 짧은 머리에 바지를 입은 외국 여자가 들어왔습니다. 여자라기보다는 늠름한 청년 같다는 느낌이 들었습니다.

"저 사람이 누구야?" 저는 조금 놀라서 옆에 있던 코오노河野라는 젊은 간호사에게 물었습니다.

"누군지 모른단 말이에요?" 그녀는 저의 무지를 질책하듯 어깨를 움츠렸습니다. "힐다 씨예요. 부장 선생님의 부인이잖아요."

그녀는 커다란 바구니에서 쎌로판지로 포장한 꾸러미를 꺼내 조교인 아사이 씨에게 건네주었습니다. 아사이 씨는 얼굴 가득 억지웃음을 지으며 그것을 받았습니다. 블라우스에 싸인 풍만한 가슴과 큰 키가 남자인 아사이 씨를 압도했습니다. 그녀가 이쪽을 돌아봤을 때 입술 루주가 상당히 짙다는 것을 알았습니다. 그녀는 간호사들에게 손을 흔들더니 남자처럼 성큼성큼 걸어 복도로 사라져 갔습니다.

힐다 씨가 건네준 쎌로판지로 포장한 꾸러미에는 직접 만든 비스킷이 잔뜩 들어 있었습니다. 당시 비스킷은 구경조차 못할 때였기 때문에 모두들 앞다퉈 손을 내밀었습니다. 저도 그 하나를 먹었습니다.

과자를 먹으면서 저는 간호사들이 힐다 씨에 대해 하는 이야기를 묵묵히 들었는데, 그들은 힐다 씨의 입술 루주가 지나치게 짙다는 둥 일본 여자라면 그런 건 도저히 할 수 없다는 둥 험담을 늘어놓았습니다. "혼자 신났군." 누군가가 중얼거렸습니다. "비스킷을 만들어주거나 공동입원실 환자들의 팬티를 빨아주는 게 그녀의 장기잖아."

나중에 안 일이지만 그 말은 힐다 씨가 병원에 올 때마다 공동입원실 환자들을 방문하는 것에 대한 비난이었습니다. 매달 세번 정기적으로 그녀는 병원을 찾아왔습니다. 그리고 바구니를 껴안고 공동입원실에 들어가서는 무료진료 환자들의 더러워진 속옷을 모아다가 깨끗이 빨아 다음에 올 때 건네주는 것이었습니다. 그것은 힐다 씨가 헌신적으로 하는 일이었습니다.

사실 이러한 힐다 씨의 자선은 우리 간호사들에게 그다지 고마운 일이 아니었습니다. 공동입원실 환자들도 귀찮았을 겁니다. 공동입원실에는 공습으로 인해 가족을 잃고 의지할 데 없는 노인들이 많은데 그들은 이 서양 부인이 자신에게 말을 걸기만 해도 얼어버렸습니다. 게다가 힐다 씨가 낡은 고리짝이나 자루에서 더러워진 속치마 따위를 끄집어내면 당황해 침대에서 기어내려오곤 했습니다.

　"이대로 괜찮습니다. 그대로 놔두세요."

　어이없게도 힐다 씨는 환자의 부끄러움이나 거북함을 알아차리지 못하는 것 같았습니다. 남자처럼 큰 걸음으로 병원을 활보하면서 비스킷을 나눠주고 환자를 다그쳐 더러워진 세탁물을 받아 바구니에 담으면서 돌아다녔습니다.

　그다지 좋지 않게 썼다고 해서 당시 제가 힐다 씨의 자선행위에 반감을 가졌던 것은 결코 아닙니다. "정말 머리가 저절로 수그러진다니까. 오늘도 무료진료 환자인 오오노 후사大野フサ의 오줌통을 씻고 있잖아. 서양인이 말이야." 조교인 아사이 씨가 너무나 감격에 겨워해서 우리 간호사들은 그녀가 잘난 척한다고 생각했습니다. 그렇지만 그 이상으로 그녀를 특별히 미워할 만한 이유는 전혀 없었습니다.

　다만 제가 그 서양 여자에게 처음으로 분한 마음이 들었던 것은 다른 이유 때문이었습니다. 평소와 다름없는 여름 해 질 녘, 저는 안뜰 계단에 앉아 양손으로 얼굴을 감싸고 멍하니 앉아 다렌 만철 병원에서 아기를 사산했던 일을 생각하고 있었습니다.

그때 네다섯살쯤 되는 남자아이가 건물 쪽에서 달려나왔습니다. 얼굴 생김새는 일본인이었지만 머리카락이 밤색이어서 저는 그 아이가 힐다 씨와 하시모토 교수의 아들이라는 것을 금방 알았습니다. 제 아이가 살아 있다면 딱 이만큼 컸으리라는 생각이 들어 무심코 그 아이에게 손을 내밀었습니다.

"만지지 마세요."

갑자기 머리 위에서 아이 엄마의 엄한 목소리가 들려왔습니다. 루주를 짙게 바른 힐다 씨가 굳은 표정으로 서 있었습니다. 그녀는 개를 부르듯 휘파람으로 아이를 불렀습니다.

하지만 아이는 나를 쳐다보다가 다시 힐다 씨 쪽을 돌아보며 잠시 어느 쪽으로 갈지 망설였습니다. 저와 힐다 씨는 마치 그 아이의 애정을 두고 내기라도 하듯 서로 노려봤습니다. 왜 그때 저는 그렇게 정색하며 화를 냈던 것일까요? 고통스럽던 출산과 여자의 생리기관을 도려내야 했던 기억이 스쳐갔습니다. 아이 낳을 능력을 잃고 남자에게 버림받은 여자가 행복한 아내, 행복한 어머니에게 느끼는 억울함을 나는 힐다 씨에게 느꼈던 것입니다.

"미안합니다." 아이를 안아 올리면서 힐다 씨는 유창한 일본말로 말했습니다. "아이가 결핵에 걸리기 쉽다는 건 알고 있겠죠? 나는 병원에서 나올 때마다 언제나 손을 소독해요."

그날밤 아파트 방에서 저는 어느 때보다도 자신이 외톨이라는 사실을 뼈저리게 느꼈습니다. 마스에게 먹이를 줄 때 암컷인 마스의 배에 피가 묻어 있는 것을 보고 화가 치밀어 손을 쳐들었습니다. 사지를 웅크리고 겁에 질린 눈으로 쳐다보는데도 몇번이고 머리를 때렸습니다. 참을 수 없는 눈물이 흘러내렸습니다.

제가 갑자기 하시모또 교수에게 관심을 갖게 된 것은 그 사람이 저의 상관이기 때문이 아니라 힐다 씨의 남편이었기 때문입니다. 이 노인이 진찰복에 양손을 찔러넣고 병실 앞에 늘어선 간호사들 앞을 지날 때, 저는 그 진찰복에 생긴 작은 담뱃불 자국조차 놓치지 않았습니다. 선생의 머리에는 벌써 백발이 섞여 있었고 늙고 생기 잃은 얼굴에 볼살은 처져 있었습니다. 이런 남자를 청년 같은 힐다 씨가 어째서 사랑하는 걸까? 그의 손가락이 환자의 가슴을 만질 때 저는 그 손가락을 애무하는 힐다 씨를 상상했습니다. 그러던 중 그의 와이셔츠 소매의 단추 하나가 떨어진 것을 발견하고는 희미하게 희열을 느꼈습니다. 아내인 힐다 씨가 알아채지 못한 것을 제가 알았기 때문입니다.

전쟁은 점점 심해졌습니다. 제가 사는 아파트와 병원은 F시에서 수십리나 떨어진 곳에 있었기 때문에 피해는 전혀 없었습니다. F시는 벌써 몇차례의 공습으로 도시의 절반이 불타버렸습니다. 야꾸인쪼오에 살던 오빠는 반년쯤 전에 이또시마군糸島郡 쪽으로 피난 갔지만 저는 한번도 찾아가볼 생각을 하지 않았고 그쪽에서도 찾아온 적이 없었습니다. 헤어진 남편이 다롄에서 하얼빈으로 갔다는 이야기를 소문으로 들었지만 그에게선 엽서 한장 없었습니다. 사람의 인연 따위는 의지가 안되는 세상, 홀몸인 저는 전쟁이 어떻게 되어가는지도 몰랐고 신문 한줄 읽을 마음도 들지 않았습니다. 사실 조국이 이기든 지든 관심도 없었습니다. 한밤중 눈을 떴을 때 들려오는 파도 소리가 요즘 들어 왠지 커지는 것 같았습니다. 어둠 속에서 귀를 기울이고 있노라면 그저께 밤보다는 어젯밤이, 어젯밤보다는 오늘밤이 파도의 수런거림이 크게 느껴졌습니다. 제가 전쟁을 느끼는 것은 이때뿐이었습니다. 커다란 북소리 같은 어두운 소리가 조금씩 커지고 높아짐에 따라 일본은 패망하고 우리는 어디론가 끌려들어갈지 모른다고 생각했습니다.

끌려들어가든 어찌 되든 상관없었습니다. 병원에서도 죽어가는 환자가 많아졌습니다. 특히 공동입원실에 누워 있는 결핵환자들 중에는 두주에 한명꼴로 죽는 사람이 나왔습니다. 이 병에는 충분한 영양이 필요하지만 그들에게는 암거래되는 식량 한톨 살 돈이 없었습니다. 그렇지만 누군가가 죽더라도 환자 수는 넘쳐났기 때문에 침대는 늘 가득 찼습니다.

신참인 저는 공동입원실 환자 담당이었지만 그곳에 누워 있는 사람들을 힐다 씨처럼 돕고 싶은 마음은 들지 않았습니다. 의무적인 일은 했지만 그 이상은 손을 내밀지 않았습니다. 어차피 무얼 하더라도 저 어두운 바닷속으로 누구 할 것 없이 끌려들어가는 세상이라는 체념이 제 마음을 지배했기 때문인지도 모릅니다. 힐다 씨와 대수롭지 않은 사건을 또다시 일으킨 것도 그런 기분 때문이었습니다.

그날은 이층 특실에 있던 젊은 부인의 수술이 있어서 간호사실에는 아무도 없었습니다. 힐다 씨가 병원에 왔을 때 평소와는 달리 맞이하러 나가는 사람이 아무도 없었습니다. 저 혼자만 숙직실에서 혈침표를 정리하고 있었습니다. 그때 "쪼매만 와주소" 하며 공동입원실에 있는 노인이 너덜너덜한 잠옷을 입은 채 얼굴을 내밀었습니다. "마에바시前橋 씨가 괴로워하는디."

"무슨 일이죠?"

"마에바시 씨가 괴로워한다니께."

공동입원실에 가보니 대여섯 명의 환자에게 둘러싸여 마에바시라는 여자가 눈을 부릅뜬 채 가슴을 쥐어뜯으며 괴로워하고 있었습니다. 간호사인 제가 보아도 자연기흉을 일으킨 게 확실했습니다. 흉막강에 공기가 들어가 그대로 두면 위험한 상황이었습니다.

연구실로 달려갔지만 조교인 아사이 씨나 토다 씨나 스구로 씨 모두 수술에 참여하고 있었습니다. 손을 빌릴 수 있는 사람은 조교수인 시바따 선생뿐이었으나 역시 어디에서도 찾을 수 없었습니다. 빨리 공기를 빼지 않으면 환자가 질식할 수도 있기 때문에 수술실로 전화를 걸었습니다.

"아사이 선생님 계세요?" 전화를 받은 코오노 간호사에게 저는 빠른 말투로 물었습니다. "환자 한 사람이 자연기흉을 일으켰어요."

수화기 저쪽에서 알 수 없는 부산한 발소리가 들려왔습니다. 기분 나쁠 정도로 조용하던 보통 때와 달랐기 때문에 저는 이상한 생각이 들었습니다.

"뭐야, 자네." 돌연 화난 듯한 아사이 씨의 목소리가 귓가에 울렸습니다. 매우 동요하고 있는 듯한 목소리였습니다.

"공동입원실의 마에바시 토끼 씨가 자연기흉을 일으켰습니다."

"그런 건 알 바 아니야. 여기도 바빠. 내버려둬."

"하지만 너무 괴로워하는데요."

"어차피 죽을 환자잖아. 마취제를 주사하고……"

뒷말을 알아듣기도 전에 아사이 씨는 찰칵 전화를 끊었습니다. '마취제를 주사하고……' 나는 생각했습니다. '마취제를 주사하고……'

"어차피 죽을 환자잖아"라고 한 그의 말이 떠올랐습니다. 연구실 창으로 들어온 석양빛이 책상 위에 뽀얗게 쌓인 먼지를 비추고 있었습니다. 저는 마취용 프로카인액이 든 병과 주삿바늘을 가지고 공동입원실로 돌아갔는데 그때 바지 차림의 힐다 씨가 환자 침대의 쇠장식을 꽉 쥐고 있는 것을 보았습니다.

"간호사, 기흉대를 빨리!" 하고 그녀가 소리쳤습니다. 옛날 독일에서 병원에 근무했던 그녀는 마에바시 토끼 씨가 자연기흉을 일으켰다는 것을 한눈에 알아차렸겠지요. 돌연 그녀는 프로카인병과 주삿바늘에 눈길을 주더니 안색을 바꾸었습니다. 그러고는 들이받듯 저를 밀어젖히고 공동입원실에서 뛰쳐나가 기흉대를 찾으러 갔습니다.

저는 바닥에 박살이 나서 흩어진 병조각을 치우고는 등 뒤에 꽂히는 환자들의 눈길을 느끼며 간호사실로 돌아왔습니다. 창 너머로 저녁해가 저물고 있었습니다. 그 저녁해는 제가 예전에 다렌 만철 병원에서 자주 보던 그대로 크고 붉게 타오르고 있었습니다.

"왜 주사를 놓으려 했나요?" 출입구에 서서 힐다 씨는 남자처럼 팔짱을 낀 채 저를 힐난했습니다. "죽이려고 했던 거죠? 다 알고 있어요."

"하지만……" 바닥에 시선을 떨군 채 저는 힘없이 대답했습니다. "어차피 얼마 안 있어 죽을 환자예요. 안락사 쪽이 환자 본인을 위해서도 훨씬 도움이 되잖아요."

"죽게 되어 있더라도 죽일 권리는 그 누구에게도 없어요. 하느님이 무섭지 않나요? 당신은 하느님의 벌을 믿지 않나요?"

힐다 씨는 오른손으로 책상을 강하게 내리쳤습니다. 그녀의 블라우스에서 비누 향기가 풍겼습니다. 일본인인 우리가 지금과 같은 세상에서는 구경도 못하는 비누. 힐다 씨가 공동입원실 환자들의 속옷을 빨아주는 비누. 저는 뭐가 뭔지 알 수 없었습니다. 책상을 치고 있는 힐다 씨의 오른손은 비누질 때문인지 거칠었고 모래처럼 까칠까칠해 보였습니다. 백인의 피부가 이렇게 거칠 거라고는 생각도 하지 못했습니다. 연한 금빛의 솜털까지 그 위에 나 있었습니다. 처음에는 혼란스러웠지만 이야기를 듣는 사이에 귀찮아지기 시작했습니다. 암울한 큰 북소리처럼 밤바다의 울부짖음이 제 가슴에 퍼졌습니다.

그날밤 야근을 마치고 한밤중에 병원을 나와 아파트로 돌아가는 길에 캄캄한 병원 구내를 걷고 있던 아사이 선생과 마주쳤습니다.

"선생님, 수술은요?"

"누구지? 아, 자네군." 늘 멋쟁이인 그가 테 없는 안경이 코끝까지 흘러내릴 정도로 취해 있었습니다. "죽이고 말았어."

"죽였다고요?"

"가족에게는 아직 비밀이지만 말이야. 어르신네 솜씨도 이젠 한물갔어. 그러니 이번 의학부장 선거에서 곤도오 교수에게 밀릴 거야. 아무래도 그의 밑에서는 출세하기 힘들겠어."

제 어깨에 손을 얹고 약용 포도주 냄새를 풍기면서 아사이 씨는 비틀거렸습니다.

"집이 어디지? 바래다줄게."

"바로 근처인걸요."

"내가 가도 될까?"

그날밤 아사이 씨는 제 방에서 묵었습니다. 저로서는 어찌 되든 상관없었습니다.

"자네, 개를 기르고 있군. 그러고 보니 힐다도 개를 기르고 있었지, 아마. 힐다 그것은 오늘도 병원에 왔었나?"

"선생님은 그 사람 존경하고 계시면서."

"존경할 리가 있나? 그런 백인 여자와 한번 자보고 싶긴 하지만."

"하시모또 선생님과는 어떻게 잘까요?"

"힐다 말이야? 성녀 행세하는 그런 여자가 오히려 대단한 법이지. 그 몸집을 봐. 어때 자네, 한번 부장을 유혹해보지 않겠나? 힐다에게 한방 먹이는 거야."

아사이 씨의 애무를 받으면서도 저는 아무 희열이나 감각을 느낄 수 없었습니다. 저는 눈을 감은 채 하시모또 선생이 오늘 수술에서 환자를 죽인 사실을 힐다 씨에게 어떻게 이야기할까 생각했습니다. 힐다 씨의 하얀 손과 블라우스에서 풍기던 비누 향기가 떠올라서 단지 그 향기에 반항하기 위해 저는 아사이 씨의 품에 안겼습니다.

다음날 병원에 가자 아사이 씨가 지난밤과는 싹 달라진 차가운 표정으로 저를 불러세웠습니다.

"자네, 공동입원실 환자를 어떻게 한 거야?"

"공동입원실 환자라니요?"

"자연기흉을 일으킨 여자 말이야. 힐다 씨에게서 전화가 왔어. 자네를 그만두게 하라더군."

"저는 선생님이 말씀하신 대로—"

"선생? 나 말이야? 나는 아무 말도 한 적이 없는데."

제가 그를 뚫어지게 쳐다보자 테 없는 안경을 번쩍거리며 그는 황급히 제게서 눈을 돌렸습니다. 어젯밤에 이 남자는 집요하리만치 제 몸을 애무했었습니다.

"저, 그만둬야 하는 건가요?"

"그만두라는 게 아니야."

아사이 씨는 입가에 예의 억지웃음을 지으며 말했습니다.

"단지 힐다 씨가 병원에 오면 시끄러워질까봐 그래. 한달 정도 쉬고 있어. 뒷일은 내가 잘 처리해놓을 테니."

그날 해 질 녘에 아파트로 돌아오니 마스가 보이지 않았습니다. 관리인에게 물어봤지만 고개를 저을 뿐이었습니다. 당시는 개라도 잡아먹어야 할 상황이어서 집을 비운 사이 누군가가 끌고 갔는지 모릅니다. 마루 입구에 걸터앉아 잠시 멍하니 있었습니다. 이제 될 대로 되라는 기분이 들었습니다. 아사이 씨도 아사이 씨지만 전화를 걸어 저를 그만두게 한 힐다 씨가 미웠습니다. 자기 한사람의 성녀 행세가 병원의 환자나 간호사에게 얼마나 폐가 되는지 그녀는 알지 못했습니다. 그녀가 한 아이의 엄마이자 성녀라면 여자의 생리기관을 뿌리째 도려낸 저는 아사이 씨와 자는 매춘부가 되어도 상관없다고 생각했습니다. 마스마저 저를 버리고 어디론가 가버렸습니다.

한달 동안 병원에도 가지 않고 휑한 아파트 방에 홀로 있는 일은 괴로웠습니다. 일을 하고 있으면 지난 일, 즉 다롄에서의 일이나 출산에 대한 기억 따위를 잊어버릴 수 있었습니다. 하지만 아무 일도 하지 않고 깔아놓은 이부자리에 줄곧 누워만 있으니 남편에게 버림받은 날이나 아기를 사산한 일 등이 끊임없이 떠올랐습니다. 헤어진 그 사람이라도 좋으니 다시 한번 만나보고 싶다는 생각을 한 적도 있었습니다.

그러던 어느날 밤 아사이 씨가 찾아왔습니다.

"이야기할 게 있는데."

"이제 모가지겠죠?"

"아니." 아사이 씨는 굳은 얼굴로 타따미 위에 책상다리를 하고 앉았습니다. "더 심각한 이야기야."

"목이 잘릴 판인데 더 심각한 이야기가 있겠어요."

"그게 말이지…… 병원에 돌아와주었으면 해서 말이야."

"제가 도울 일이 과연 있을까요? 환자를 죽이려고 했던 간호사 잖아요."

미군 포로를 수술한다는 이야기를 들은 것은 그날밤이었습니다. 제1외과에서 부장과 시바따 선생, 연구생인 토다와 스구로 씨도 참여하는데 도와줄 간호사가 없다는 이야기였습니다.

"그래서 저한테 온 거군요." 저는 경련이 일어난 듯 웃고 말았습니다.

"그런 게 아니야. 나라를 위해서라고. 어차피 사형당할 놈들인걸. 의학 발전에도 도움이 될 거고 말이야." 아사이 씨는 스스로도 믿지 않는 이유를 들고는 멋쩍은 듯이 말했습니다. "도와줄 거지?"

"제가 승낙하는 건 절대 나라를 위해서도 아니고, 선생님들의 연구를 위해서도 아니에요."

일본이 이기든 지든 저로서는 어떻게 되든 상관없었습니다. 의학이 발전하든 말든 관심도 없었고요.

"부장 선생님은 그 일을 힐다 씨에게 털어놓았을까요?"

"무슨 말도 안되는 소리. 자네 역시 그 누구에게도 절대 말해서는 안돼."

그날 해 질 녘 간호사실에서 하느님이 무섭지 않으냐고 소리치던 힐다 씨를 떠올리며 저는 미소를 지었습니다. 그것은 승리의 쾌감과도 같았습니다. 자기 남편이 무슨 일을 하게 될지 힐다 씨는 모르지만 저는 알고 있었던 것입니다.

"그러네요. 성녀 같은 힐다 씨에게는 부장님도 차마 털어놓을 수 없겠네요."

그날밤 아사이 씨의 품에 안긴 저는 눈을 뜬 채 커다란 북소리 같은 어두운 바다의 울부짖음을 들었습니다. 힐다 씨의 비누 향기가 다시 되살아났습니다. 그녀의 오른손, 솜털이 나 있는 서양 여자의 피부, 그와 똑같은 백인의 살갗에 메스를 대는 것이라고 생각했습니다.

"백인의 살갗은 째기 힘들까요?"

"바보 같은 소리. 코쟁이건 일본인이건 마찬가지야." 잠결에 몸을 뒤척이며 아사이 씨가 중얼거렸습니다.

'내가 만일 다롄에서 아기를 낳았더라면 남편과 헤어지지 않았을 것이고 내 인생도 이렇게 되지는 않았으리라.' 저는 멍하니 생각했습니다.

II. 의학생

1935년경 코오베 시 나다구灘區의 동쪽 변두리에 있는 롯꼬오六甲 소학교에서 머리를 길게 기른 남자아이는 나뿐이었다.

오늘날에는 그 주변이 대규모 주택지로 바뀌었지만 당시 소학교 주변에는 파밭과 농가가 펼쳐져 있었고 밭을 가로지르며 한뀨우阪急 전차가 달리곤 했다. 학생들은 대부분 농사꾼의 자식들로 나처럼 머리를 기른 아이는 하나도 없었다. 동전만 한 땜통자국이 나 있던 그 까까머리들 중에는 아기를 업고 등교하는 녀석도 있었다. 수업 중에 아기가 오줌을 싸거나 울기 시작하면 젊은 교사는 당혹스러운 듯 "달래고 온나" 하며 복도를 가리켰다.

토오쿄오의 학교와는 달리 교사들은 학생들을 "마사루" 또는 "쯔또무" 하고 이름을 막 불렀는데, 단지 나만은 "토다 군"이라고 불러주었다. 다른 아이들은 이런 차별을 특별히 이상하게 여기지 않았다. 그것은 오로지 내가 농사꾼의 자식이 아니기 때문이었다. 나의 아버지는 학교 근처에서 개업한 내과 의사였으므로 사범학교만 나왔을 뿐인 제복을 입은 교사들로서는 의사라든가 의학박사라는 간판에 경의를 표한 것인지도 모른다. 더구나 1학년 때부터 줄곧 최고의 성적을 받아온 나는 몸이 별로 튼튼하지 못했지만 이 소학교에서는 장차 상급학교에 진학할 수 있는 유일한 학생이기도 했다.

매 학년 학예회에서는 어김없이 주인공을 맡았고 전람회에서는 그림이나 글씨로 도맡아 우등상을 받게 되자 나는 나도 모르게 어른들을 속이기 시작했다. 여기에서 말하는 어른들이란 제복을 입은 사범학교 출신의 교사들, 그리고 아버지와 어머니였다. 어떻게 하면 그들을 기쁘게 하고 어떻게 하면 칭찬받을까를 그들의 눈이나 표정에서 재빨리 읽어내고, 때로는 순진한 척 때로는 영리한 척 연기해 보이는 것은 그다지 힘들지 않았다. 나는 본능적으로 어른들이 나에게 기대하는 것이 순진함과 영리함이라는 사실을 간파하고 있었다. 너무 순진해서도 안되고 너무 영리해서도 안된다. 그 두가지를 적절히 드러내기만 하면 그들은 반드시 나를 칭찬해주었다.

글로 이렇게 말한다고 해서 그 무렵의 내가 특별히 교활하고 약삭빠른 소년이었다고 생각하지는 않는다. 여러분도 자신의 어린 시절을 떠올려보면 알 것이다. 다소 영리한 아이라면 모두 이 정도의 교활함은 지니고 있는데다, 그렇게 처신함으로써 어느 사이엔가 자신이 정말 착한 아이라고 착각하게 되는 것이다.

5학년 2학기가 시작되는 첫날, 교사가 전입생 한명을 교실로 데리고 들어왔다. 목에 하얀 붕대를 감고 안경을 낀 작은 아이였다. 교단 옆에서 그 아이는 여자애처럼 눈을 내리뜨고 바닥의 한 점만을 바라보고 있었다.

"모두 집중." 누르스름해진 스포츠 바지를 입은 젊은 교사가 허리에 손을 얹고 큰 소리로 말했다.

"토오꾜오에서 전학 온 친구니까 사이좋게 지내도록. 알았제?"

그리고 칠판 위에 분필로 '와까바야시 미노루若林稔'라는 이름을 썼다.

"아끼라, 이 한자 읽을 수 있나?"

교실은 조금 술렁거렸다. 그중에는 내 쪽을 슬그머니 돌아보는 아이도 있었다. 그 와까바야시라는 아이가 나처럼 머리를 길게 기르고 있었기 때문이다. 나는 적의인지 질투인지 알 수 없는 감정으로 목에 하얀 붕대를 감은 그 아이를 바라보았다. 코끝으로 흘러내린 안경을 손가락으로 밀어올리면서 그 아이는 이쪽을 흘끗 훔쳐보고는 눈을 내리깔았다.

"모두, 여름방학 작문 써왔나?" 교사가 말했다. "와까바야시 군은 저 자리에 앉아서 듣도록. 먼저 토다 군이 읽어보그라."

전입생을 교사가 '와까바야시 군'이라고 부른 사실이 내 자존심을 상하게 했다. 이 반에서 '군'으로 불리는 것은 이제까지 나 혼자만의 특권이었기 때문이다.

지시받은 대로 일어나서 작문을 읽기 시작했다. 평소 같으면 나는 이 시간을 즐겼을 것이다. 자신이 쓴 글을 모범작문으로 모두에게 낭독하는 일은 크게 내 허영심을 채워주었으나 이날은 읽으면서도 마음이 안정되지 않았다. 옆자리에 조금 비껴 앉아 있는 전입생의 안경이 신경 쓰였던 것이다. 그 아이는 토오꾜오의 소학교에서 왔으며, 머리를 기른데다 하얀 깃이 달린 멋진 양복을 입고 있었다. '지지 않을 거야.' 나는 속으로 중얼거렸다.

작문을 할 때 나는 언제나 한두군데 감동적인 장면을 만들어두 곤 했다. 이는 사범학교 출신의 젊은 교사가 좋아할 법한 것이었다. 스즈끼 미에끼찌鈴木三重吉의 문집『빨간 새赤い鳥』를 학생들에게 읽히 는 이 청년교사로부터 칭찬을 받기 위해, 나는 특별히 의식해서 쓴 것은 아니지만 순진함과 소년다운 감정이 느껴지는 장면을 꾸며서 넣어두었다.

"여름방학의 어느날, 키무라木村 군이 아프다는 이야기를 듣고 즉시 찾아가보기로 마음먹었다." 그날도 나는 아이들 앞에서 낭독 했다.

이것은 사실이었다. 하지만 이어지는 뒷부분에는 예전에도 그러 했듯이 있지도 않은 장면을 만들어냈다. 아픈 키무라 군을 위해 애 써 채집한 나비 표본상자를 가지고 간다. 파밭 사이를 걷다가 갑자 기 아깝다는 생각이 든다. 몇번이나 집으로 발걸음을 되돌리려다 가 결국 키무라 군의 집까지 가게 된다. 그리고 그가 기뻐하는 얼 굴을 보고 마음을 놓는다……

"자," 내가 다 읽고 나자 교사는 대단히 만족스러워하며 반 아이 들을 둘러보았다. "토다 군의 작문이 어디가 좋은지 알겠나? 아는 사람 손들어보그라."

두어명의 아이가 자신 없이 손을 들었다. 나는 그들의 대답과 교 사가 이야기하려 하는 것을 대체로 짐작하고 있었다. 내가 키무라 마사루라는 아이에게 표본상자를 준 것은 사실이다. 그러나 그것 은 아픈 그를 동정해서가 아니었다. 내가 귀뚜라미가 울어대는 밭

길을 걸었던 것도 사실이다. 하지만 표본상자를 주는 것이 전혀 아깝지 않았다. 왜냐하면 아버지가 그런 표본상자를 세개나 사주셨기 때문이다. 키무라가 기뻐했음은 말할 필요도 없다. 하지만 그때 내가 느낀 것은 그 아이가 사는 농가의 초라함과 나의 우월감뿐이었다.

"아끼라, 대답해봐라."

"토다 군이 마사루에게 표본상자…… 소중한 표본상자를 준 게 훌륭합니다."

"그렇기도 하지만 이 작문의 좋은 점은……" 교사는 분필을 들어 칠판에 '양심적'이라는 세 글자를 썼다. "파밭을 걷다가 표본상자 주는 게 아까워진 마음을 느낀 그대로 쓰고 있제? 너희들의 작문에는 때때로 거짓이 있다. 하지만 토다 군은 솔직한 마음을 정직하게 썼다. 참말로 양심적인 기라."

나는 교사가 칠판에 커다랗게 쓴 '양심적'이라는 세 글자를 쳐다보았다. 어느 교실에선가 낮은 풍금 소리가 들렸다. 여자애들이 창가唱歌를 부르고 있었다. 거짓말을 했다거나 친구들과 교사를 속였다는 생각은 별로 들지 않았다. 지금까지 학교에서나 집에서 그렇게 해왔던 것이다. 그리고 그렇게 함으로써 나는 우등생이면서 착한 아이가 되었다.

옆쪽을 살짝 돌아보니 머리를 기른 전입생이 코끝으로 약간 흘러내린 안경을 걸친 채 칠판을 뚫어지게 쳐다보고 있었다. 내 시선을 느꼈는지 그는 목에 감은 하얀 붕대를 비틀듯이 하여 이쪽으로 얼굴을 돌렸다. 우리 둘은 그대로 잠시 동안 서로의 얼굴을 탐색하듯 살폈다. 그러자 그의 볼이 약간 발그스름해지며 입가에 엷은 웃음을 지었다. '모두가 속아도 나는 알고 있지.' 그 미소는 마치 그렇게 말하는 듯했다. '파밭을 걸었다는 것도, 표본상자가 아깝게 느껴졌다는 것도 모두 거짓말이지? 이제까지 잘도 해왔군. 하지만 어른을 속일 수는 있어도 토오꾜오 아이는 속일 수 없어.'

나는 시선을 돌리면서 귀까지 빨갛게 충혈되는 것을 느꼈다. 풍금 소리가 그치자 여자아이들의 목소리도 더이상 들리지 않았다. 칠판의 글자가 흔들리는 것 같았다.

그뒤로 나의 자신감은 조금씩 무너지기 시작했다. 교실에서나 교정에서 와까바야시라는 아이가 옆에 있는 한 뭔가 뒤가 켕기는 굴욕감 같은 것을 느꼈다. 물론 그 때문에 성적이 떨어지지는 않았지만 아이들 앞에서 선생님한테 칭찬받을 때나 그림이나 글씨가 벽에 붙여질 때, 그리고 학급회에서 친구들로부터 위원으로 추대받을 때 나는 그 아이의 눈을 몰래 훔쳐보게 되었다.

그 아이의 눈이라고 썼지만 지금 생각해보면 그것은 결코 나를 비난하는 재판관의 눈도 아니었고 죄를 책망하는 양심의 눈도 아니었다. 그것은 같은 비밀, 같은 악의 씨앗을 지닌 두 소년이 서로 상대방 속에서 자신의 모습을 발견한 것에 지나지 않았다. 내가 그때 느낀 것은 양심의 가책이 아니라 자신의 비밀을 들켰다는 굴욕감이었다.

그 아이는 누구하고도 놀지 않았다. 쉬는 시간에 모두가 피구를 하고 있어도 운동장 구석에 있는 그네에 기댄 채 물끄러미 이쪽을 바라보기만 했다. 체조시간에도 하얀 붕대를 목에 감고 견학하고 있는 그 아이의 모습이 멀리서 보였다. 반 아이가 말을 걸어도 "싫어"라든지 "응" 하고 힘없이 대답할 뿐이었다. 나처럼 머리를 기르고 세련된 옷을 입고 있긴 하지만 힘도 세지 않고 공부도 별로 신통치 않다는 걸 알게 되자 계집애처럼 창백한 그 아이를 모두 무시하기 시작했다. 나도 마침내 그 아이를 두려워하지 않게 되었고 그 날의 부끄러움과 분노를 잊어버렸다.

그러던 어느날 반 아이들이 그를 괴롭혔다. 방과 후 당번을 끝내고 교실에서 나와 집으로 돌아가려 하던 나는 운동장 모래밭에서 마사루와 스스무라는 아이가 그의 머리카락을 잡아당기고 있는 것을 보았다. 처음에는 그 아이도 맞섰지만 결국 떠밀려 얼굴이 하늘을 향하면서 모래밭에 나가떨어졌다. 그 아이가 일어나려 하자 아이들은 다시 넘어뜨렸다. 나는 그 장면을 지켜보면서 싸움을 말리고 싶은 마음도 들지 않았고, 그 아이가 불쌍하다는 생각도 들지 않았다. 아니, 오히려 마사루와 스스무가 더 때려주고 머리카락을 더 세게 잡아당겼으면 하고 바랐다.

교실 창문으로 갑자기 교사의 모습이 보이지 않았다면 나는 운동장에 선 채 한동안 그 싸움을 바라보고 있었을 것이다. 그러나 교사가 복도를 지나 운동장으로 나오는 것을 보고 나는 서둘러 모래밭으로 뛰어갔다.

"싸우지 마. 그만해." 뒤에서 교사가 보고 있다는 것을 충분히 의식하면서 나는 소리쳤다. "마사루, 전입생을 괴롭히지 마라. 선생님이 오신다 아이가."

마사루와 스스무는 다가오는 교사를 돌아보고 얼굴을 붉혔지만, 그 아이는 모래밭에 쓰러진 채 일어나지 못했다.

"와까바야시, 무슨 일이고? 괜않나?"

얼굴을 들자 석양이 비추는 뺨에 모래알이 반짝거렸다. 다리가 구부러진 안경이 땅에 떨어져 있었다. 내가 볼에 묻은 모래를 털어주려 하자 돌연 그 아이는 얼굴을 돌리며 더럽다는 듯이 내 손을 뿌리쳤다.

"와 그라노, 싸움 말리줬는데."

무심코 주먹을 올리려는데 교사가 바로 옆에 다가온 것을 알아차렸다.

"또 마사루네." 나는 혼잣말처럼 중얼거렸다.

"대체 무신 일이고? 토다 군."

"예, 마사루가 와까바야시를……" 난 곤란한 듯 우물거렸다. "말릴라고 바로 뛰어왔는데……"

내가 언제나처럼 또 연기를 하는 동안 그 아이는 석양의 햇살을 받으며 교사나 나의 얼굴이 아닌 다른 한곳을 물끄러미 응시했다. 안경 벗은 그 아이의 눈을 그때 처음 보았는데 마치 내 마음속을 훤히 꿰뚫고 있는 것 같은 묘한 느낌을 주었다.

"정말 성가시군. 마사루, 스스무, 느그들도 좀 반장을 본받아라, 반장을……"

반장이란 나를 가리킨다. 아무것도 모르는 교사가 그들을 꾸짖는 동안 그 아이는 묵묵히 뺨에 묻은 모래를 털고 땅에 떨어진 즈크천 가방을 집어들더니 마치 남의 일인 양 혼자 돌아갔다.

이듬해 봄 와까바야시는 전학을 갔다. 전학 온 날과 마찬가지로 교사가 목에 하얀 붕대를 감은 그를 데리고 교단에 올라섰다. 그날처럼 교사는 분필로 칠판에 아시오足尾라는 글자를 썼다.

"요시마사, 아시오가 어떤 도시고?"

"………"

"토미오."

"구리…… 구리 캐는 곳요."

"그렇다. 그동안 친해졌는데 와까바야시 군이 다시 아버지 일 때문에 아시오로 가게 됐다. 그러니까 내일부터 우리 반에 못 나온다는 기다."

이런 날에 교사는 갑자기 부드러워진다. 나는 그 아이가 가는, 구리가 난다는 도시를 상상 속에서 떠올렸다. 그 도시는 작은 민둥산에 둘러싸여 있고 굴뚝의 검은 연기가 하늘을 뒤덮고 있는 곳일 것이다. 그러는 동안 그 아이는 여자애처럼 눈을 내리깔고 바닥만을 바라보고 있었다.

"토다 군, 모두를 대표해서 작별인사를 하그라." 교사가 말했다.

"잘 가라, 와까바야시."

그는 아무 말도 하지 않았다. 하지만 교실을 나갈 때 갑자기 목에 감은 하얀 붕대를 비틀듯 고개를 돌려 이쪽을 바라보더니 볼에 조소와도 같은 엷은 웃음을 지었다.

그날 이후로 그 아이에 대해 잊었다. 아니, 적어도 잊으려 했다. 덩그러니 남은 그 아이의 빈 책상마저 오후가 되자 어딘가로 치워졌다. 이제 그 아이에 대해 신경 쓸 일은 없어졌다. 몰래 얼굴을 훔쳐볼 필요도 없어졌다. 나는 다시 착한 아이가 되었고 큰 소리로 작문을 낭독하여 교사로부터 칭찬을 받았다.

여름방학이 찾아왔다. 어느 무더운 오후, 나는 학교 근처의 파밭 길을 혼자 걷고 있었다. 풀숲에서는 귀뚜라미가 숨 넘어가는 소리를 내며 울어댔고 메마른 먼지가 풀썩이는 건너편 길에서는 아이스캔디 장수가 삐걱거리는 자전거를 질질 끌고 갔다.

그때 돌연 작년 여름방학 때 썼던 작문이 떠올랐다. 키무라는 아이에게 나비 표본상자를 가지고 문병 간 내용을 쓴 글이었다. 그 글은 모두의 앞에서 낭독하기 위해 쓴 것으로, 『빨간 새』라는 문집에서 배운 것을 이용해 교사를 기쁘게 하기 위해 쓴 글이었다. 그리고 그 비밀을 알고 있는 것은 와까바야시라는 아이뿐이었다.

나는 집으로 달려가 내가 제일 아끼는 만년필을 찾았다. 아버지가 독일에서 사다 준 것이었다. 그것을 주머니에 넣고 키무라 집으로 달려갔다.

"이거 받그라."

"와 그라는데?" 외양간 앞에 서 있던 키무라는 땀투성이인 내 얼굴과 만년필을 약삭빠르게 번갈아 보면서 약간 뒷걸음쳤다.

"아무 이유 없다. 그냥 받그라."

"그래? 그라면 받지, 뭐."

"그라고 아무한테도 말하면 안된데이. 내가 줬다고 식구들이나 선생님한테 말하면 안된다, 절대로."

파밭 길로 되돌아오면서 나는 지난 일년간 내게 굴욕감을 안겨준 그 아이의 조소에서 벗어날 수 있을 거라 생각했다. 풀숲에서는 여전히 귀뚜라미가 더위에 지친 소리를 내며 울어댔고 아이스캔디 장수는 길가에 서서 소변을 보고 있었다. 마음이 텅 빈 것처럼 허탈했다. 착한 일을 했다는 기쁨이나 만족감은 조금도 느껴지지 않았다……

이런 소년시절의 추억은 나만의 것이 아니리라. 형태는 다를지언정 여러분도 필시 경험한 바일 것이다. 하지만 이어지는 다음과 같은 추억은 원래 나만의 것인지, 아니면 여러분도 이와 비슷한 경험을 마음속 어딘가에 묻어두고 있는 건 아닌지.

내가 입학한 N 중학교는 미까게御影와 아시야芦屋 사이에 있었는데 이 학교는 교육이라는 것을 상급학교 합격률과 혼동하고 있어서 우리들은 오년 동안 카키색 교복을 입고 매일같이 고된 교련과 시험공부만을 강요받았다. 학급도 성적순으로 A반, B반, C반으로 나눠져 반 이름이 적힌 명찰을 죄수처럼 가슴에 달아야 했다.

이 학교에서 나는 B반에 속하는, 그다지 눈에 띄지 않는 평범한 학생으로 처지고 말았다. 특별히 공부를 게을리한 건 아니었다. 다만 주위의 학생들이 이전의 롯꼬오 소학교 아이들과는 달리 모두 나와 비슷한 환경인데다가 교사의 마음을 읽고 어떻게 처신해야 하는지 터득하고 있었다. 아버지가 의사였기 때문에 나도 의사가 될 생각이었다. 의학 공부에 꿈과 열정이 있어서가 아니었다. 의사라는 직업이 먹고사는 데 어려움이 없는 가장 안정된 길이라고 어려서부터 믿었기 때문이다. 여기에 징병검사를 받을 나이가 되면 의학생이라는 경력이 유리하다고 아버지가 일러준 것도 한몫했다.

과목 중에서는 생물이 좋았다. 키무라에게 곤충 표본상자를 준일은 이미 썼지만 중학교에 들어가서도 곤충을 채집하여 마취제를 주사한 후 나프탈렌 냄새가 나는 상자에 넣는 것이 즐거웠다.

생물 교사 별명은 오꼬제였는데 오꼬제虎魚라는 물고기처럼 이마와 광대뼈가 튀어나온 중년 남성이었다. 무릎이 튀어나온 후줄근한 양복을 입고 다니는 그는 쑥 들어간 작은 눈을 깜박거리면서 자신은 롯꼬오 산에 있는 곤충 연구에 일생을 바치고 있다고 학생들에게 말하곤 했다. 4학년 때의 일이었다. 그는 학생들에게 한신阪神 지역에 있는 나비 종류에 대해 설명한 후 표본실에서 보자기에 싼 작은 유리상자를 가져왔다.

"이건 내가 일년 전에 아시야가와 강 상류에서 잡은 기다." 그는 자랑스러운 듯 눈을 깜박거리면서 일동을 둘러보더니 야윈 두 손으로 유리상자를 들어올렸다.

나는 그때까지 그렇게 이상한 나비를 본 적이 없었다. 힘껏 당겨진 활시위처럼 곡선을 이룬 커다란 날개와, 풍만하면서 부드럽게 부풀어오른 복부가 전부 은빛이었다. 다만 두가닥 더듬이는 명주

실처럼 하얀색이었다. 그것은 왠지 젊은 무희—머리에 하얀 깃털을 꽂았으며 온몸에 은색 분을 바르고 한쪽 다리를 가볍게 들어올려 공중으로 날아오르려 하는 아름다운 무희—를 연상시켰다.

"변종일 끼다. 변종이라 캐도 진기하지. 쿄오또京都 대학의 야마구찌 박사가 달라 캤는데 안 줬다."

그렇게 말하면서 오꼬제는 정말 소중한 듯이 그 유리상자의 표면을 몇번이고 손으로 쓰다듬었다.

그날 오후 내내 그 은빛 나비가 어른거려 수업이 귀에 들어오지 않았다. 그 은빛으로 빛나는 부드러운 복부에 주삿바늘을 찔러넣을 때의 쾌감을 떠올리며 마치 정욕과 같은 것을 느꼈다.

언제나처럼 과외수업이 끝난 뒤 친구들과 교문을 나서다가 교실에 도시락 가방을 놔두고 온 것이 생각났다. 이것은 거짓말이 아니다. 혼자서 교실로 돌아가보니 석양빛이 뽀얗게 떠도는 먼지를 비추며 아무도 없는 빈 책상과 의자 위로 떨어지고 있었다. 복도는 쥐 죽은 듯 고요했다. 내 발은 생물표본실 쪽으로 향했다. 문을 살짝 밀어보니 잠겨 있지 않았다. 무서울 정도로 만사가 순조로웠다. 나프탈렌 냄새가 나는 방에는 다양한 광석과 식물의 표본상자가 유리문 달린 선반 안에 정리되어 있었는데 저녁 햇살이 그곳을 비추고 있었다.

나는 그 구석에서 오꼬제의 검은 보자기를 발견했다. 보자기를 바닥에 버리고 작은 상자만 서둘러 가방에 넣었다. 아무도 보고 있지 않았을 것이다. 나는 문을 다시 살그머니 열었는데 복도는 아까와 마찬가지로 텅 비어 있었다.

다음날 학교에 가니 반 친구들이 수군수군 뭔가 이야기하고 있었다.

"오꼬제 자식, 그 나비 도둑맞았다 카더라."

"그래? 누가 훔쳤는데?" 나는 나도 모르게 얼굴이 굳어지는 것을 느끼고 시선을 딴 데로 돌렸다.

"범인은 벌써 잡혔는데, C반 야마구찌란다. 어제 방과 후에 표본실에서 나오는 걸 사환이 봤다 카더라."

나는 야마구찌라는 아이의 새끼원숭이 같은 얼굴을 떠올렸다. 그 녀석은 우리 중학교에서 제일 공부 못하는 아이들이 속한 C반학생이었다. 중학생 가운데는 비굴한 광대 노릇을 하여 반에서 인기를 얻으려는 녀석이 꼭 있기 마련인데 야마구찌가 그랬다.

"그래서 나비는 돌려받았다나?"

"그게 말이다, 그 녀석이 어디다가 잃어뿌렸단다. 멍청한 놈이라카이."

"진짜 바보네."

그날 하루 종일 교실 창으로 운동장에서 벌서고 있는 야마구찌의 안쓰러운 모습을 보았다. 그것을 몰래 보고 있자니 숨이 막힐 것 같았다. 저 녀석은 나 대신 벌을 받고 있다. 왜 그는 교사에게 그 일을 부인하지 않은 걸까? 오후가 되자 야마구찌는 지쳐버렸는지 어깨가 처지고 등이 굽기 시작했다.

'괜찮다. 걔도 어쨌든 표본실에 들어간 거니까. 훔치러 갔다 아이가.' 나는 양심의 가책을 없애기 위해 그런 핑계를 갖다붙였다. '그 놈이 바보라서 들킨 거지. 안 들켰으면 나랑 다를 바 없다 아이가.'

그날 학교에서 돌아온 나는 그 나비를 상자에서 꺼내 정원에서 불태웠다. 종이처럼 활활 타들어가는 날개에서 은빛 가루가 날아오르더니 이윽고 바람에 날려 사라져버렸다. 밤이 되어 자리에 누웠는데 오른쪽 이가 심하게 아파왔다. 몹시 지친 모습으로 야마구찌가 몇번씩이나 꿈속에 나타났다.

다음날 부어오른 볼을 누르며 학교에 갔다. 교문 근처에서 몇몇 아이들에 둘러싸여 뭔가 지껄이고 있는 야마구찌의 모습을 발견하고 난 발걸음을 급히 늦추었다.

"진짜 대단하네!"

그들의 목소리가 뒤에 있는 내 귀에까지 들렸다. 하루 사이에 야마구찌는 C반 아이들로부터 완전히 소영웅 대접을 받고 있었다. 그 녀석은 의기양양하게 몸짓 손짓을 해가며 설명했다.

"오꼬제, 완전 울상이 돼갖고. 재미있었다니까."

"그건 그렇고, 니 그 나비 어디에 숨갔노?"

"나비 말이가? 그까짓 것 도랑에 버려뺐다."

이상하게도 그 말을 듣는 순간 어제 하루 종일 나를 괴롭히던 양심의 가책도 숨 막히던 불안도 놀랄 정도로 급속히 사라져버렸다. 치통마저도 이상하리만치 가벼워졌다. '이럴 줄 알았으면, 그 은빛 나비를 태워버리는 게 아닌데'라는 후회마저 들었다. 나는 여느 때와 다름없이 교사의 수업내용을 노트에 적었고 체조시간에 입을 체육복 바지를 잊고 온 것을 걱정할 따름이었다.

이런 경험은 아무리 열거해도 끝이 없으리라. 정도의 차이는 있을지언정 이와 비슷한 행동은 나의 유년시절과 소년시절을 파고들면 얼마든지 열거할 수 있다. 나는 그저 그중에서 두드러진 한두 가지 사건을 떠올린 데 지나지 않는다.

그럼에도 불구하고 오랫동안 나는 자신을 양심이 마비된 남자라고 생각하지는 않았다. 어린 시절부터 내게 양심의 가책이란 지금까지 쓴 대로 타인의 눈이나 사회의 벌에 대한 공포일 뿐이었다. 물론 자신이 착한 사람이라고 생각하지는 않았지만 어느 누구라도 한꺼풀만 벗기면 나와 마찬가지일 것이라고 생각했다. 우연의 결과인지 모르겠지만 내가 저지른 일에 대해 벌을 받거나 사회의 비난을 받은 일은 없었다.

예컨대 간통이라는 죄가 그랬다. 그 죄를 나는 오년 전 나니와浪速고등학교 이과생일 때 이미 범했다. 그런데도 나는 그 일로 상처나 심판을 받은 일 없이 태연히 생활하고 있다. 새내기 의사로 매일 연구실에 출근해서는 환자를 진찰하고 있다. 나는 환자에 대해 연민이나 동정심을 느끼지 않는데도 아무렇지 않게 그 환자들로부터 '선생님'이라 불리며 신뢰받고 있다.

간통을 저질렀을 때도 나는 결코 나 자신을 파렴치한이나 배신자라고 생각하지 않았다. 다소 뒤가 켕겼고 불안감이나 자기혐오가 있었지만 이마저도 비밀이 그 누구에게도 들키지 않으리라는 확신이 들자 이내 사라져버렸다. 내 양심의 가책은 길어봤자 겨우 한달 정도였다. 간통 상대는 사촌이었다. 그녀는 지금 두 아이의 엄마가 되었기 때문에 이름을 밝히거나 자세하게 언급하지는 않겠다. 그 사촌은 나보다 다섯살 위로 여학교 시절에 잠시 우리 집에서 생활했었다. 그 무렵의 일에 대해 사촌은 잘 기억하고 있는 것 같은데 나는 거의 기억하지 못한다. 당시 그녀에 대해 생각나는 것은 두갈래로 땋은 머리를 등 뒤로 늘어뜨린 모습과 웃으면 새하얀 이와 오른쪽 볼에 보조개가 보이던 얼굴뿐이었다. 여학교를 나오자마자 곧 결혼해버렸기 때문에 우리는 오랫동안 만나지 못했다. 그녀의 남편은 오오사까의 사립대학을 나와서 오오쯔大津에 있는 도매상에서 일하는 남자였다.

나니와 고등학교 이과에 다닐 무렵 여름방학에 갑자기 생각이 나서 오오쯔에 있는 그녀의 집을 찾아가보았다. 그리고 나는 삶에 찌든 여자로 변해 있는 사촌의 모습에 심한 환멸을 느꼈다. 결혼한 지 채 이년도 안되는데 생활에 쫓겨서 몹시 지친 표정을 하고 있었다. 세칸밖에 안되는 집도 가까이 있는 호수 탓인지 기분 나쁘게 눅눅했고 변소 냄새가 났다. 또 사촌의 남편이라는 사람은 눈이 푹 꺼지고 기력이 없어 보이는 회사원이었다. 할 일이 없던 나는 낮에는 수영하러 나갔고 밤에는 모깃불 연기에 고생하면서 낡은 잡지를 읽거나 가지고 간 수학책을 펼치는 수밖에 없었다. 장지문 너머로 사촌 부부가 나지막이 싸우는 소리가 들렸다. 사촌은 주변머리 없는 남편을 거칠게 욕하고 있었다.

"정신 차리소. 지금 다니는 가게 그만둔다고 새로운 일자리가 생기요?"

"큰 소리 내지 말그라." 남편이 작게 제지하는 소리가 들려왔다. "사촌이 듣겠다."

그들의 기침 소리와 차를 마시는 소리도 섞여 들려왔다.

"지겨워. 으이구, 지겨워 못살겠데이."

아침에 남편이 일하러 나가자 사촌은 두 발을 옆으로 모으고 앉아 귀밑머리를 쓸어올리면서 한숨을 내쉬었다.

"역시 여자는 제대로 된 대학 출신하고 결혼해야 된데이."

"그래도 나쁜 사람은 아니잖아." 나는 능청스럽게 대꾸했다.

떠나기 전날 밤 사촌의 남편은 숙직이라 들어오지 않았다. 사촌과의 조촐한 저녁식사를 하고 나자 더이상 둘이 할 일이 없어 나는 10시 가까이까지 그녀의 긴 푸념을 들어야 했다. 한밤중 그녀가 우는 소리를 들었다. 호수가 찰싹거리는 소리가 들려왔다. 그 밤은 유난히 무더웠다.

"쯔요시, 그리로 가도 되나?" 장지문 너머에서 사촌이 쉰 목소리로 말했다. "머리가 너무 아파서." 오랫동안 호기심을 가지고 생각해오던 정욕이 그렇게 삭막하고 공허한 것일 줄은 몰랐다.

"아무한테도 말하면 안된데이. 그것만 약속하면 우예 하든 상관없다." 사촌이 말했다. 나는 아무런 희열도 감동도 없이 동정을 잃었다.

다음날 아침 그녀의 남편이 지친 얼굴로 돌아왔다. 그는 우물가로 가 펌프질을 하더니 커다란 소리를 내며 입을 가셨다.

"쯔요시, 버스시간 다 안됐나?" 사촌은 괴로운 듯 약간 미간을 찡그리며 재촉했다. "여보, 쯔요시가 이제 출발해요."

나는 가방을 들고 그들의 집에서 나왔다. 꺼메서 더러워 보이는 호수에 고무신과 나뭇조각이 떠 있었다. 그 호숫가를 걸으며 나는 별달리 흥분이나 괴로움을 느끼지 못했다. 사촌이 지난밤 일에 대해 평생 입도 뻥긋하지 않으리라는 걸 난 알고 있었다. 남편을 경멸하는 한 그녀는 결코 자신의 실수를 고백하지 않을 것이다. 비밀이 발각될 걱정이 없다는 데 안심했다.

'그런 누추한 집에 묵게 하고서는 마지막 밤에 정산해준 셈이군.' 오히려 득을 본 듯한 기분이었다. 자신이 파렴치한이고 한 남자를 평생 배신하는 것이라는 생각은 들지 않았다. 도리어 눈이 푹 꺼진 그 남자를 경멸하기까지 했다.

이것이 내가 저지른 간통이다. 앞에서도 썼지만 사촌은 지금 두 아이의 엄마이다. 그녀가 그날밤의 일에 대해 얼마나 괴로워했는지 어땠는지는 알 수 없다. (아마 괴로워하지는 않았으리라.) 확실한 것은 그녀가 그 일을 오늘날까지 남편에게 고백하지 않았으며 상대방 또한 전혀 눈치채지 못했다는 사실이다. 눈치채지 못한 덕분에 사촌은 아내이자 어머니로, 나는 평범한 의학생으로 오늘날까지 이 사회에서 살아올 수 있었다.

간통만이 아니었다. 그것에 죄책감을 별로 느끼지 않았을 뿐 아니라, 더 특별한 일에 대해서도 무감각했다. 지금에 와서는 이에 대해 털어놓을 필요가 있을 것 같다. 분명히 말하지만 나는 타인의 고통이나 죽음에 대해 태연한 편이다. 의학생으로 보낸 수년간 나는 많은 환자의 고통스러운 생활을 보았으며 그들이 죽는 것도 수없이 보았다. 때로는 수술하다가 환자를 죽이는 상황을 목격하기도 했다. 이런 일 하나하나에 머리를 싸맬 수는 없는 노릇이었다.

"선생님, 부탁입니다. 마취주사 좀 놔주세요."

폐수술 후 고통에 신음하는 환자를 보다 못한 가족이 울며 부탁해도 나는 냉정하게 고개를 저을 수 있다. "이 이상 마취를 하게 되면 오히려 위험해집니다"라고 말하지만 속으로 나는 환자나 가족이 그렇게 떼쓰는 것을 귀찮게만 생각할 뿐이다.

병실에서 누군가가 죽어 부모와 자매가 울고 있다. 나는 그들 앞에서 안됐다는 표정을 짓지만 일단 한걸음 복도로 나오는 순간 그런 광경은 이미 마음에 없다.

병원에서의 이러한 생활, 의학생으로서의 일상은 내게서 타인에 대한 연민이나 동정의 감각을 어느새 마모시켜버렸다.

사노 미쓰佐野ミツ에 대해 그다지 책임감을 느끼지 못한 것도 그 때문일까? 미쓰는 야쿠인쪼오에 살 때 나를 돌보아주던 사가현佐賀県 출신의 하녀였다. 당시 의학부 3학년이었던 나는 작은 집을 빌려 그 하녀와 함께 지냈다. 그녀는 양친이 일찍 세상을 떠나 가족이라고는 오빠와 어린 여동생뿐이라고 했다. 어느날 그녀가 세면대에서 토하는 걸 보고 비참할 정도로 낭패감을 느꼈다. 그녀의 인생에 상처를 입혔다는 마음보다는 아이가 태어나면 큰일이라는 불안감이 먼저 내 머리에 떠올랐던 것이다.

나는 지금도 그날밤 일을 기억하고 있다. 자칫 잘못하면 그녀를 죽게 할지도 모르는 위험한 방법이었다. 산부인과의 친구를 속여 빌려온 자궁 존데Sonde를 사용하여 내 손으로 직접 소파수술을 했던 것이다. 국부를 자세히 보기 위해 나는 손전등 하나만을 의지하여 땀범벅이 된 채 피투성이인 작은 덩어리를 끄집어냈다. 이런 실수를 다른 사람에게 들키고 싶지 않은 마음, 일생을 이런 여자 때문에 망치고 싶지 않다는 생각뿐이었다. 핏기 잃은 얼굴을 벽에 갖다댄 채 이를 악물고 고통을 참는 미쯔의 모습에도 나는 그다지 동요하지 않았다. 지금 생각해봐도, 그런 불결하고 미숙한 방법에도 불구하고 자궁내막염이 생기지 않은 것은 천만다행이다.

일개월쯤 지나서 나는 미쯔를 고향으로 돌려보냈다. 야꾸인쪼오의 셋집에서 밥을 해주는 하숙집으로 옮기기 때문에 더이상 하녀가 필요없게 되었다는 구실을 만들었지만 실은 두번 다시 그녀를 보고 싶지 않았던 것이다. 삼등 열차가 미끄러지듯 달리기 시작하는데도 미쯔는 언제까지고 차창에 그 작은 얼굴을 바짝 댄 채 이쪽을 바라보았다. 기차가 점점 작아지며 이슬비 속으로 사라지자 겨우 마음이 놓였다. 나는 차창에 얼굴을 대고 있던 미쯔의 괴로워하는 모습을 떠올리며 자신이 나쁜 짓을 했다고 생각했다. 그럼에도 불구하고 별달리 고통스러워하지는 않았다.

이제 이야기는 이 정도에서 끝냈으면 한다. 미리 말해두지만 나는 지금 가책을 느껴 이러한 경험을 쓰는 것이 결코 아니다. 예전의 작문시간 때의 일이나 나비를 훔치고 그 벌을 야마구찌에게 덮어씌운 일, 그리고 사촌과 간통을 저지른 일이나 미쯔와의 사이에서 벌어진 일을 추악하다고는 생각한다. 하지만 추악하다고 생각하는 것과 고통스러워하는 것은 별개의 문제이다.

그럼에도 이제 와서 이런 수기를 쓰는 이유는 왠지 무섭기 때문이다. 타인의 이목이나 사회의 벌만을 두려워하고, 그것이 제거되면 두려움마저 사라지는 자신이 어쩐지 무서워졌기 때문이다.

무섭다는 건 좀 과장된 이야기이고 이상하다는 표현이 더 알맞을 것이다. 여러분에게 묻고 싶다. 여러분도 역시 나처럼 한꺼풀을 벗기면 타인의 죽음이나 고통에 대해 무감각한가. 약간의 나쁜 짓이라면 사회로부터 벌받지 않는 이상 별다른 가책이나 부끄러움을 느끼지 않으면서 오늘까지 살아왔는가. 그리고 어느날 그런 자신이 이상하게 느껴진 적이 있는가.

이번 초겨울이었다. 나는 병원 옥상에서 B29기가 F 시를 폭격하는 것을 멍하니 바라보고 있었다. 나와 스구로는 대공 감시원이어서 공습 때마다 옥상에 올라갔다.

그날은 폭격이 심했다. F 시의 사방에서 순식간에 희뿌연 연기가 솟아오르며 불꽃이 어른거리는 것이 뚜렷이 보였다. 한 무리의 B29기가 반시간 정도 상공을 선회하고 바다 쪽으로 사라지자 다음 편대가 서쪽 하늘에 겨자씨만 한 모습을 드러냈다. 그것이 사라지자 다시 세번째 무리가 나타났다. 현청이나 시청 건물도 신문사나 백화점도 차례차례 화염과 연기에 싸이는 모습이 손에 잡힐 듯 보였다.

해 질 녘이 되어 적기가 자취를 감추자 이내 주위는 무서울 정도로 정적에 휩싸였다. 하늘이 거무튀튀해졌다. 귀를 기울이고 있으니 탁탁 타는 소리에 섞여 둔탁하고 텅 빈 듯한 울림이 들려왔다. 처음에 나는 그 소리를 알아채지 못했다. 그러나 그 공허한 신음소리와도 같은 울림은 점차 알아들을 수 있을 만큼 분명하게 들려왔다.

"저 소리는 뭐꼬?" 나는 스구로에게 물었다.

"건물이 무너지는 소린가?" 스구로도 귀를 기울였다. "아니, 그게 아이다. 폭발로 인한 바람소리다." 건물이 무너지는 소리라면 한층 격렬할 것이다. 그러나 폭발로 인한 바람소리가 공습이 끝난 후에 들릴 리는 없다. 그것은 분명 많은 사람들이 한꺼번에 내는 신음소리처럼 들렸다. 의사인 나는 그 신음소리를 알고 있었다. 증오, 슬픔, 비탄, 저주, 이 모든 것을 담아 사람들이 울부짖는다면 분명 이와 같은 소리가 될 것이다.

"공습으로 죽어가는 사람들 소리인가?" 하고 나는 중얼거렸다. 스구로는 아무 말 없이 눈만 깜박거렸다. 단지 그뿐으로 이후 그 소리는 잊고 있었다. 그런데 그날밤 나는 잠자리에서 다시 길고 텅 빈 듯한 그 소리를 들었다. 처음에는 하숙집에서 그리 멀지 않은 바다의 파도 소리인가 하고 생각했다. 하지만 그 소리는 바다와는 다른 방향에서 들려왔다.

그 순간 나는 롯꼬오 소학교 때의 일, 석양이 비추고 있던 표본실, 운동장에서 벌서던 야마구찌의 지친 모습, 호숫가를 거닐던 아침, 사촌을 품에 안았던 무더운 밤, 삼등 열차에 얼굴을 대고 있던 미쯔의 눈, 이 모든 것들이 한꺼번에 마음속에서 되살아나는 듯한 느낌을 받았다. 왠지 알 수는 없지만 나는 그때 언젠가는 자신이 벌을 받게 될 것이고 이렇게 살아온 반평생의 댓가를 치르지 않으면 안되리라는 것을 분명히 느꼈다. 사람들이 불길에 쫓기고 연기에 휩싸여 죽어가는 때에 나 혼자만 작은 상처 하나 입지 않고 아무런 잘못도 저지르지 않았다는 듯이 살아갈 수는 없는 일이라고 생각했다. 하지만 이런 생각도 달리 고통을 동반하지는 않았다. 단지 하나에 하나를 더하면 둘이 되고 둘에 둘을 보태면 넷이 되듯 이러한 사실을 당연한 것으로 여길 뿐이었다.

단지 그뿐이었다. 그리고 그저께 시바따 조교수와 아사이 조교가 우리에게 그 일을 털어놓았을 때 나는 화로 속에 타고 있던 푸르스름한 불을 바라보며 생각했다.

'이 일을 한 후 나는 양심의 가책으로 괴로워할까? 내가 저지른 살인에 부들부들 떨게 될까? 살아 있는 사람을 산 채로 죽이는 이런 엄청난 일을 저지른 뒤 나는 평생 괴로워하게 될까?'

나는 얼굴을 들었다. 시바따 조교수와 아사이 조교는 입가에 미소까지 짓고 있었다. '이 사람들도 결국 나와 마찬가지군. 머잖아 벌받는 날이 온다 해도 그들이 두려워하는 것은 세상이나 사회의 벌일 뿐 자신의 양심에 대해서는 아닌 거야.'

나는 어쩐지 심한 피로가 느껴졌다. 시바따 조교수에게서 받은 담배를 비벼 끄고는 의자에서 일어났다.

"참가할 건가?" 그가 물었다.

"예." 나는 대답했다. 대답했다기보다는 중얼거렸다.

Ⅲ. 오후 3시

2월 25일은 당장이라도 눈이 내릴 것 같은 흐린 날이었다. 스구로는 하숙집의 세면대에서 칫솔질을 하면서 거울에 비친 자신의 얼굴을 가만히 들여다보았다. 감기와 그날 이후 계속된 수면 부족으로 눈이 충혈되고 얼굴도 검푸르게 부어 있긴 했지만 역시 오랫동안 보아온 자신의 쓸쓸한 얼굴이었다.

'드디어 오늘이군.' 스구로는 일부러 자신에게 들려주듯 말했으나 이제는 아무런 흥분이나 감회가 일지 않았다. 오히려 이상할 정도로 마음이 가라앉았다.

"안녕하십니까?" 같은 하숙집에 사는 학생이 작업복에 각반을 찬 채 세면대에 나타났다. "눈이라도 올 것 같지 않습니까?"

"그렇군." 스구로가 칫솔질을 하며 말했다. "자네는 오늘 근로봉사 나가지 않나?"

"야근조라서 공장엔 오후에 나갑니다. 스구로 씨는요?"

"이제 나가야지."

아침밥으로 언제나 병원 식당에서 채소죽을 먹기 때문에 스구로는 서릿발로 뒤덮여 부푼 길을 걸어서 의학부로 향했다. 그는 서리를 밟아 바스러뜨리다가 때때로 멈춰서곤 했다. 어젯밤에 연구실에서 토다가 중얼거린 말이 떠올랐다. "거절하고 싶으면 지금이라도 거절할 수 있어."

지금 하숙집으로 돌아간다면…… 뒤돌아서면 그만이라고 그는 생각했다. 그러나 눈앞에는 서리로 인해 납빛으로 빛나는 외길이 이어져 있었다. 곧장 가면 의학부 정문에 다다르는 길이었다.

교문에서 맞은편에서 오는 오오바 간호부장을 만났다. 그녀도 분명 오늘 해부에 참여할 것이다. 몸뻬 차림의 그녀는 노오멘 같은 무표정한 얼굴로 스구로를 흘끗 쳐다보고는 이내 눈길을 돌려 어깨를 움츠리고 앞서 걸어갔다.

연구실 문을 여니 이미 토다가 등을 돌리고 책상에 앉아 있었다. 그는 스구로 쪽을 돌아보지도 말을 건네지도 않았다. 매우 신중한 모습으로 노트에 뭔가를 적고 있었다. 그의 책상 위에 놓인 낡은 자명종 시계가 9시 반을 가리키고 있었다. 그 일은 오후 3시에 시작될 예정이다.

그날 3시까지 토다와 스구로는 거의 입을 열지 않았다. 토다가 공동입원실에 진찰하러 간 사이에 스구로는 멍하니 책상에 앉아 있었다. 이제까지 연구실에 오면 이것저것 잡다한 일이 많았지만 왠지 오늘은 모든 일이 끝나버린 느낌이었다. 할 일이 아무것도 없었고 자신을 기다리고 있는 것은 그저 오후 3시의 그 일뿐인 것 같았다. 그러다가 토다가 연구실로 다시 돌아오자 스구로는 뭔가 생각난 척하며 복도로 나갔다. 이윽고 그가 방으로 돌아오자 토다는 노트를 엎어놓고 어디론가 가버렸다. 서로가 얼굴을 보는 것도 말을 하는 것도 피하고 있었다.

그러나 이윽고 3시가 가까워졌을 때, 나가려고 하는 스구로를 토다가 문 앞에서 가로막았다.

"어이, 와 나를 피하노?"

"피하는 거 아이다."

"확실히 행동해야 안되겠나?"

토다가 잠깐 그의 얼굴을 노려보았다. 하지만 자신의 질문이 어리석었다는 것을 깨닫고는 얼굴을 일그러뜨리며 쓴웃음을 지었다. 두사람은 그대로 잠깐 문간에 서 있었다. 병동은 기분 나쁠 정도로 조용했다. 삼십분 후에 무슨 일이 일어날지 모르는 환자들은 안정 시간이 끝나기를 기다리고 있었다. 간호사실에서도 아무런 소리가 들리지 않았다.

뜻밖에도 이 답답한 분위기는 얼마 후 두사람이 이층 수술실로 올라갈 때 깨졌다. 복도에 밝은 웃음소리가 울리고 있었던 것이다. 토다와 스구로가 모르는 네댓명의 장교들이 창가에 기대어 담배를 피우면서 큰 소리로 담소를 나누고 있었다. 그것은 마치 장교 집회소에서 회식을 기다리고 있는 듯한 모양새였다.

"2시 반이 지났는데 포로는 아직 안 왔나?"

요전에 시바따 조교수의 방에서 보았던 약간 통통한 군의관이

어깨에 멘 카메라의 케이스를 열면서 혀를 차자,

"삼십분쯤 전에 구금소를 출발했다는 보고가 있으니까 슬슬 도착하겠지요."

하고 짧게 콧수염을 기른 장교가 손목시계를 보고 대답했다.

"오늘 귀중한 사진을 반드시 찍고 싶은데 말이야." 군의관은 바닥에 침을 뱉고는 장화로 짓뭉갰다.

"사진에 자신있으세요? 좋은 카메라군요." 콧수염을 기른 장교가 아부하듯 물었다.

"뭐, 기계만큼은 독일제니까…… 그보다도 오늘 코모리小森 소위 송별회를 이 병원 회의실에서 열기로 했나?"

"해부가 5시에는 끝날 것 같아서 5시 반에 시작하기로 했습니다."

"요리는 준비됐겠지?"

"여차하면 오늘 수술받는 포로의 생간이라도 드실 수 있게 하겠습니다."

장교들은 스구로와 토다 쪽으로는 눈길조차 주지 않고 소리내 웃었다. 수술실 문은 열려 있었지만 아직 하시모또 교수와 시바따 조교수 그리고 아사이 조교 중 그 누구의 모습도 보이지 않았다.

"중국에서는 말이야……" 약간 통통한 군의관이 엉덩이를 긁으면서 이야기를 시작했다.

"실제로 짱꼴라를 해부해서 그 간을 시식한 이들이 있다더군."

"의외로 먹을 만한가봐요." 콧수염을 기른 장교가 의기양양한 얼굴로 말했다.

"그럼 오늘 회식에서 한번 먹어볼까?"

그때 아사이 조교가 안경을 번쩍이면서 천천히 복도 저편에서 걸어왔다. 그는 장교들을 향하여 언제나처럼 미소를 지으며 "포로가 지금 막 도착했어요" 하고 여자 같은 목소리로 말했다.

"이봐, 시바따는 어떻게 된 거야?"

"곧 오실 겁니다. 뭐, 조급해하실 필요 없습니다."

그러고 나서 아사이 조교는 겁에 질린 듯 복도 벽에 기대고 있는 토다와 스구로를 양손으로 불렀다. "이보게, 자네들."

조교가 수술실로 두 사람을 불러들이고서 문을 닫았다.

"정말 곤란하군. 저렇게 장교들이 와 있으니. 병동 환자들이 이상하게 생각할 게 뻔해. 무엇보다 포로가 경계하지 않을지 걱정이야. 이쪽에선 오오이따ㅊ分 수용소로 보내기 위해 신체검사를 한다고 둘러대고 데려오는 건데 말이야." 그는 그렇게 낮은 소리로 불평을 늘어놓더니 장을 열어 에테르 마취제를 꺼냈다.

"자네들은 마취를 맡아주게. 할 수 있겠지? 오늘 포로는 어깨에 부상을 입었는데 녀석이 소동을 피우면 곤란해. 처음에 놈이 오면 내가 가벼운 진찰을 하는 척할 거야. 마지막에 심장을 조사한다고 하면서 수술대에 눕혀주지 않겠나?"

"수술대에 묶어야겠죠? 그러지 않으면 에테르 마취 1기에 난폭하게 굴 테니까요." 토다가 물었다.

"물론이지. 스구로 군도 에테르의 효과가 나타나는 순서를 알고 있겠지?"

"네."

에테르가 환자를 완전히 마취시키기까지는 세 단계를 거친다. 더욱이 이 마취는 깨어나기 쉽기 때문에 수술 중에 에테르의 침투 상태를 계속 점검해야 한다. 토다와 스구로가 지시받은 것은 이런 일이었다.

"교수님과 조교수님은요?"

"지금 밑에서 수술복으로 갈아입고 계셔. 마취되고 나면 내가 모시러 갈 거야. 아무래도 지금 여기에 사람이 너무 많이 모여 있으면 포로가 겁먹을 수 있잖아."

이런 이야기를 듣고 있자니 스구로는 마치 평소의 수술과 다름 없게 느껴졌다. 다만 포로라는 단어가 그런 착각에서 깨어나게 해 비로소 자신이 이제부터 하려는 일이 무엇인지 마음속으로 실감하게 되었다. '우리는 사람을 죽이려 하고 있다.' 갑자기 검은 구름이 몰려오듯 불안과 공포가 엄습했다. 그는 수술실 문의 손잡이를 잡았다. 그때 문밖에 있던 군인들의 커다란 웃음소리가 또다시 들렸다. 그들의 모습이나 웃음소리는 도망치고 싶은 스구로의 마음을 압도하며 빠져나갈 길을 막는 두터운 장벽으로 다가왔다.

무영등이 켜진 수술실 바닥에는 이윽고 환자의 피를 씻어낼 물이 가느다란 소리를 내며 무심히 흐르기 시작했다. 아사이 조교와 토다는 묵묵히 윗옷과 신발을 벗고 하얀 수술복을 입고 나무 쌘들을 신기 시작했다.

문을 열고 가면을 쓴 듯 무표정한 오오바 간호부장이 우에다上田라는 간호사를 데리고 들어왔다. 그녀들 역시 굳은 얼굴로 묵묵히 장을 열어 메스와 가위, 기름종이와 탈지면을 유리판 위에 가지런히 정리하기 시작했다. 누구 하나 입도 뻥긋하지 않았다. 들리는 것은 복도에 있는 장교들의 이야기 소리와 수술실 바닥에 흐르는 물소리뿐이었다.

　스구로는 오오바 간호부장은 몰라도 우에다라는 간호사가 무슨 이유에서 오늘 해부에 참가하게 되었는지 이해가 가지 않았다. 이 간호사는 병원에 온 지 얼마 되지 않았고 스구로가 공동입원실을 회진할 때 이따금 마주친 적은 있지만 언제나 딴 곳에 정신이 팔린 듯 어두운 느낌을 주는 여자였다.

　갑자기 지금까지 복도에서 들리던 장교들의 소리가 그쳤다. 스구로는 옆에 있는 토다의 얼굴을 겁먹은 눈으로 올려다보았다. 토다는 토다대로 고통스러운 듯 잠깐 표정을 일그러뜨렸지만 이윽고 얼굴에 도전적인 조소를 지었다.

　수술실 문이 열리더니 아까 손목시계를 보고 있던 콧수염 기른 장교가 빡빡 깎은 머리를 들이밀었다.

　"그쪽 준비는 다 되었습니까?"

　"들여보내세요." 아사이 조교가 쉰 목소리로 답했다. "몇 명입니까?"

　"한 명입니다."

스구로는 끌려들어오는 키가 크고 야윈 포로를 벽에 기댄 채 바라보았다. 포로는 그가 언젠가 제2외과 병동 입구에서 본 열명 남짓의 미군 병사들과 마찬가지로 몸에 맞지 않은 풀빛 작업복을 입고 있었다.

그는 수술복을 입고 있는 의사들을 보고는 난처한 듯이 미소를 지었다. 그리고 하얀 벽과 수술실 구석구석을 둘러보았다.

"Sit down here."

아사이 조교가 의자를 가리키자 그는 긴 무릎을 아주 어색하게 끌어안으며 순순히 앉았다. 스구로는 예전에 개리 쿠퍼라는 배우의 영화를 본 적이 있는데 이 야윈 미국인의 얼굴과 동작은 어딘지 모르게 개리 쿠퍼를 닮은 데가 있었다.

오오바 간호부장이 그의 상의를 벗겼다. 그는 다 떨어진 일본제 메리야스 셔츠를 입고 있었다. 그 뚫어진 구멍으로 수북이 난 밤색 가슴털이 보였다. 아사이 조교가 청진기를 갖다대자 포로는 귀찮다는 듯 눈을 감았다가 방에 떠도는 냄새를 맡았는지, 갑자기

"Ah! Ether, isn't it?"(아, 에테르잖아?)

하고 소리쳤다.

"Right. It's for your cure."(그래. 널 치료하기 위해서야.)

아사이 조교의 목소리와 청진기를 쥐고 있는 손이 떨렸다.

진찰이 진행됨에 따라 안정을 되찾았는지 포로는 지시대로 따랐다. 그 부드러운 푸른 눈이나 이따금 띠는 입가의 붙임성 있는

미소에서 그가 스구로 무리를 털끝만큼도 의심하지 않는다는 것을 알 수 있었다. 의사라는 직업에 대한 신뢰가 그를 안심시킨 듯했다. 심장을 검사하겠다고 하면서 조교가 수술대를 손으로 가리키자 그는 순순히 누웠다.

"밴드는 어떻게 할까요?" 토다가 빠른 말투로 묻자,

"나중에, 나중에" 하고 아사이 조교가 낮은 목소리로 제지했다. "지금 묶으면 이상하게 생각할 거야. 마취가 제2기에 접어들어 경련이라도 일으키면 그때 곧바로 묶도록 해."

"군의관님들이 들어와도 좋은지 묻습니다." 오오바 간호부장이 준비실에서 얼굴을 내밀었다.

"아직 안돼. 나중에 신호할게. 스구로 군, 마취 마스크를 준비해둬."

"저는 못하겠어요, 조교님." 스구로는 울 것 같은 목소리로 말했다. "이 방에서 내보내주세요." 테 없는 안경 위로 아사이 조교가 스구로를 흘끗 쳐다보았다. 하지만 그는 아무 말도 하지 않았다.

"제가 하겠습니다." 토다가 스구로를 대신해 열십자 모양의 철사가 끼워진 마스크에 솜과 기름종이를 포갰다. 그것을 보고 포로가 무엇이냐고 물었지만 아사이 조교는 서둘러 억지웃음을 지으며 손을 저었다. 마스크를 얼굴에 씌우고 에테르를 흘려넣었다. 그러자 포로가 좌우로 머리를 흔들어 마스크를 벗으려 했다.

"밴드를 가지고 묶어, 밴드를." 오오바 간호부장과 우에다 간호사가 내리누르며 수술밴드로 포로의 다리와 몸을 묶었다.

"제1기."

토다는 시계를 바라보며 중얼거렸다. 제1기는 환자가 의식을 잃지 않으려고 본능적으로 안간힘을 쓰는 단계이다.

"에테르를 계속 주입해." 조교가 포로의 손을 누르며 말했다. 마스크 밑에서 동물의 신음과도 같은 낮은 소리가 새어나오기 시작했다. 에테르 마취의 제2기가 시작된 것이다. 환자 가운데는 이때 소리를 지르거나 노래를 부르는 사람도 있다. 그런데 이 포로는 멀리서 개가 짖는 듯한 소리로 끊어질 듯 끊어질 듯 오랫동안 신음할 따름이었다.

"우에다 간호사, 청진기를 갖다 줘."

아사이 조교는 우에다 간호사에게서 청진기를 낚아채더니 서둘러 털이 잔뜩 나 있는 포로의 가슴에다 댔다.

"토다 군, 마취제를 계속 주입하게."

"알겠습니다."

"맥박이 느려졌군."

조교가 붙잡고 있던 포로의 양손을 놓자 그 손은 힘없이 수술대 가장자리로 축 늘어졌다. 토다는 간호부장에게서 받은 손전등으로 동공 상태를 검사하기 시작했다.

"각막 반사도 없어졌습니다."

"그럼 됐어. 마취가 된 거야. 나는 교수님과 시바따 조교수를 모시고 오겠네." 아사이 조교는 청진기를 벗어 진찰복 주머니에 넣었다. "에테르 주입은 일단 중지해. 약이 과도해 죽어버리면 곤란하니까. 오오바 간호부장은 수술도구를 준비해줘요."

조교는 스구로를 차가운 눈으로 흘끗 쳐다보고는 수술실에서 나갔다. 간호부장도 준비실로 돌아가 우에다 간호사의 도움을 받으며 도구를 가지런히 정리하기 시작했다. 무영등의 푸르스름한 빛이 주변의 벽에 반사되고 있었고, 바닥에 흐르는 투명한 물이 벽에 기댄 스구로의 샌들을 계속해서 적셨다. 토다 한사람만이 수술대에 누운 포로 옆에 서 있었다.

"이리로 온나." 돌연 토다가 낮은 목소리로 재촉했다. "이리로 와서 거들어주라."

"나는, 아무래도 몬하겠다." 스구로가 중얼거렸다. "역시 거절해야 했는데."

"등신같이 뭔 소리 하노." 토다가 이쪽으로 돌아서서 스구로를 노려보았다. "거절할 거면 어제도 오늘 아침에도 충분히 시간은 있었데이. 지금 여기까지 온 이상 이미 너는 절반을 와버렸다."

"절반이라고? 내가 무슨 절반을 왔다는 기고?"

"우리랑 같은 운명인 기라." 토다가 차분한 목소리로 말했다. "이젠 어쩔 도리가 읎…… 다."

"석가모니께서 어느날…… 한 제자를 문병하셨습니다. ……제자는 자신의 똥오줌도 가리지 못할 정도로 고통스러워하고 있었습니다. ……석가모니께서는 정중하게 문병하신 후, 너는 건강할 때 친구를 간병한 적이 있느냐 하고 물으셨습니다. 이처럼 홀로 고통스러워하지 않으면 안되는 이유는…… 네가 평생 다른 사람을 간병해주지 않았기 때문이다. 너는 지금 몸의 병으로 고통스러워하고 있지만, 삼대에 걸쳐서도 다 끝나지 않는 마음의 병이 있다."

표지가 찢긴 책을 눈 가까이 바싹 대고 아베 미쯔는 옆의 무료진료 침대에 누워 있는 노인을 위해 읽어주고 있었다. 그 침대는 일주일 전 공습이 있던 날 밤에 죽은 아주머니가 누워 있던 자리였다. 이제 막 오후 4시가 지났을 뿐인데도 벌써 공동입원실 안은 어스름에 싸여 있었다. 미쯔는 창으로 들어오는 희미한 빛에 의지해 책장을 넘겼다.

"무슨 일인지 오늘 스구로 선생이 진찰하러 오지 않네요. 수술이라도 있는 걸까요?" 그녀는 책을 무릎 위에 놓고 노인에게 말했다. "그 선생님께 잘 이야기해보세요. 전에 그 자리에 있던 사람도 상당히 도움을 받았거든요."

침대에 누운 채 찻잔을 찾던 노인은 어린애처럼 고개를 끄덕였다.

"그 양반은 수술을 받기 전에 조금씩 심신이 쇠약해지더니 공습이 있던 날 밤에 그만 저세상으로 가버렸어요. 전쟁터에 나가 있는 아들을 만나려는 일념으로 버티며 살아왔는데 말이에요."

"나는……" 노인이 찻잔을 양손으로 받쳐든 채 흐리멍덩하게 대꾸했다. "언제 죽든 상관없어."

미쯔는 침대에서 기어내려와 창으로 다가갔다. 바람 부는 안뜰에서 장화 신은 일꾼이 삽으로 거무스름한 땅을 파고 있었다.

"언제까지 이 전쟁은 계속될까." 미쯔가 깊은 한숨을 내쉬며 혼자 중얼거렸다. "언제 끝날는지."

제3장
새벽이 올 때까지

I

  오후 3시, 하얀 수술복을 입고 얼굴의 반을 마스크로 가린 하시모또 교수와 시바따 조교수가 장교들에게 둘러싸여 모습을 드러냈다. 하시모또 교수는 입구에 멈춰서서 당장이라도 울음을 터뜨릴 것 같은 얼굴로 벽에 찰싹 달라붙어 있는 스구로에게 흘끗 눈길을 잠깐 주더니 급히 시선을 돌렸다. 그 뒤로 기세 좋게 몰려온 장교들은 천장을 향한 채 수술대에 누워 있는 포로를 보자 일제히 발을 멈췄다.

  "좀더 앞으로 모여주세요, 앞으로." 그들 뒤에서 아사이 조교가 슬며시 짓궂은 미소를 지으며 말했다.

"사체는 익숙하시겠죠? 군인 양반들이시니까."

그러자 콧수염을 기른 중위가 그를 돌아보며 아첨하듯 말했다.

"수술 중에 사진 찍어도 괜찮겠나?"

"그럼요, 그럼요, 얼마든지. 저희 쪽도 곧 제2외과에서 8밀리 촬영기를 가지고 올 겁니다. 하여튼 귀중한 실험이라서요."

"오늘은 무슨 실험이지?" 옆쪽에서 언젠가 연구실에 담배를 두고 나갔던 둥글고 살찐 군의관이 손가락으로 자신의 민머리를 가리키며 말했다. "여기를 쩰 건가?"

"뇌 적출은 하지 않습니다. 내일 곤도오 교수와 니이지마新島 조교가 다른 포로에게 실험한다고 합니다."

"그러면 자네들은 폐만 다루나?"

"그렇습니다. 군의관님께는 말씀드릴 필요가 없겠지만 다른 장교분들이 참고하시도록 설명드리겠습니다. 포로에 대한 오늘의 실험을 간단히 말씀드리면…… 폐 외과에 필요한 폐 절제가 어느 정도까지 가능한가를 조사하는 것입니다. 다시 말씀드리면, 인간의 폐를 얼마만큼 잘라내면 죽음에 이르는가 하는 문제는 결핵 치료와 전쟁의학에서도 오랜 세월 숙제였기 때문에, 포로의 한쪽 폐 전부와 다른 쪽 폐의 상엽上葉을 우선 잘라낼 예정입니다. 요약하자면……"

아사이 조교의 달콤한 목소리가 수술실 벽을 울리는 사이 하시모또 교수는 등을 구부리고 가만히 바닥에 흐르는 물을 내려다보고 있었다. 그의 힘없이 처진 어깨가 묘하게 좀 쓸쓸해 보였다.

오오바 간호부장만이 무표정한 얼굴로 수술대에 누워 있는 포로의 몸에 머큐로크롬을 바르고 있었다. 약물로 굵은 목과 밤색 털이 무성한 두툼한 가슴과 젖꼭지 위를 빨갛게 물들이자 아직 바르지 않은 살짝 들어간 하얀 복부가 더욱 도드라져 보였다. 토다는 금빛 솜털이 난 하얀 배를 보면서 비로소 포로가 백인이고 일본군에게 붙잡힌 미군이라는 사실을 떠올렸다.

"녀석, 기분 좋게 잠들었군." 긴장된 분위기를 풀기 위해서인지 등 뒤에 서 있던 장교 한명이 익살스럽게 말했다. "앞으로 반시간 후면 죽게 되는 줄도 모르고서 말이지……"

죽는다는 말이 토다의 가슴에 공허하게 울려퍼졌다. 아직은 죽인다는 행위가 실감나지 않았다. 옷을 벗기고, 수술대 위에 눕히고, 마취를 시키는 이런 일은 학생시절부터 지금까지 수없이 해왔고 오늘이라고 다를 바는 없다. 곧 하시모또 교수가 "경례" 하고 낮은 목소리로 말하며 해부의 시작을 알릴 것이다. 가위와 핀셋이 부딪히는 소리가 울리고 전기메스가 메마른 소리를 내며 밤색 털로 덮인 젖꼭지 주위를 타원형으로 째기 시작할 것이다. 하지만 오늘은 평소의 수술이나 해부와 어딘가 달랐다. 무영등의 푸르스름한 눈부신 빛도, 해초처럼 천천히 움직이는 하얀 수술복을 입은 사람들의 모습도 오랫동안 보아온 익숙한 광경이다. 천장을 향해 가만히 누워 있는 포로의 모습도 보통 환자들과 조금도 다를 바 없다. 토다의 마음에는 사람을 죽인다고 하는 전율이 전혀 일지 않았다. 모든 것이 사무적이고 기계적으로 끝나버릴 거라는 생각이 들었다. 그는 가는 관을 천천히 포로의 콧구멍에 찔러넣었다. 끝이 붉그스름하고 높게 솟은 백인의 코인데, 여기에 산소호흡기를 걸면 준비는 끝난다. 에테르에 의해 완전히 마취된 포로가 관 사이로 가늘게 코를 골며 잠자고 있었다. 풀빛 작업바지를 입고 있는 다리와 양손이 굵은 가죽끈으로 단단히 묶인 채 그는 사람들의 시선을 받으며 천장을 향해 누워 있었다. 입가에 희미한 미소가 감도는 듯해서 표정이 황홀해 보이기까지 했다.

"시작하실까요?"

혈압계를 점검하고 있던 시바따 조교수가 하시모또 교수에게 말을 건넸다. 바닥을 가만히 바라보고 있던 하시모또 교수가 갑자기 몸을 비틀며 끄덕였다. "시작하신다고 합니다." 아사이 조교가 외쳤다. 누군가 꼴깍 침 삼키는 소리가 뚜렷이 들릴 정도로 조용했다.

"해부 개시는 오후 3시 8분이야. 토다 군, 기록해놓게나."

하시모또 교수가 전기메스를 오른손으로 쥐고 포로의 몸 쪽으로 웅크리듯이 하며 다가섰다. 토다는 등 뒤에서 8밀리 촬영기가 돌아가는 둔탁한 소리를 들었다. 제2외과의 니이지마 조교가 해부 과정을 찍는 소리였다. 그러자 갑자기 헛기침과 코를 홀쩍이는 소리가 어수선하게 장교들 사이에서 들렸다.

'나도 찍히고 있겠지.' 혈압계를 바라보면서 토다는 이상한 기분에 사로잡혔다.

'자, 지금 내가 혈압계를 확인했어. 머리를 움직였어. 이것이 사람을 죽이고 있는 나의 모습이야. 이 모습 하나하나가 필름에 뚜렷이 찍히고 있어. 이것이 정말 사람을 죽이는 모습인가? 하지만 나중에 이 영상을 보면 뭔가 특별한 감정이 생기게 될까?'

토다는 뭐라 형언할 수 없는 환멸과 나른함을 느꼈다. 어제까지 그가 이 순간에 기대했던 것은 더욱 생생한 공포, 마음의 고통, 지독한 죄책감이었다. 하지만 바닥을 흐르는 물소리, 톡톡 튀는 전기메스의 진동은 둔탁하면서 단조로워 묘하게 나른했다. 그뿐 아니라 다른 수술과는 달리 환자의 쇼크사나 맥박과 호흡의 갑작스러운 변화를 걱정해야 하는 마음 졸이는 긴박감이 지금 이 수술실에는 전혀 없다. 포로가 곧 죽게 된다는 것은 누구나 알고 있으며 특별히 생명을 연장해야 할 이유가 없다. 그래서인지 전기메스를 쥔 하시모또 교수의 움직임에도, 수술용 집게로 고정시키고 있는 아사이 조교나 입회인인 시바따 조교수, 그리고 거즈나 수술기구를 정돈하고 있는 오오바 간호부장의 동작에도 긴장감 같은 것은 찾아볼 수 없을 뿐 아니라, 한술 더 떠 느릿느릿 아무렇게나 다루는 경향까지 있었다.

8밀리 촬영기가 돌아가는 소리가 여전히 메스와 가위 소리에 섞여 들려왔다. '니이지마 녀석, 어떤 기분으로 찍고 있는 걸까?' 토다는 생각했다. '저 소리, 어딘가에서 들은 적이 있는데. 그래, 저건 매미 소리야. 나니와 고등학교 시절 오오쯔의 사촌 집에 놀러 갔을 때 들었던 매미 소리. 아니, 나란 놈은 어쩌자고 이런 순간에 이런 어처구니없는 생각을 하는 걸까.'

고개를 돌려 뒤쪽에 모여 있는 장교 무리를 슬쩍 엿보니 왼쪽 끝의 안경을 쓴 젊은 장교가 얼굴을 옆으로 돌린 채 밀랍처럼 새하얗게 질려 있었다. 사람의 생생한 내장을 처음 보고 현기증을 일으킨 듯했다. 토다에게 들킨 걸 알았는지 당황해하며 몸을 똑바로 세우고 눈살을 찌푸렸다.

그 옆에 있는 콧수염을 기른 중위는 얼굴이 땀과 기름으로 번들거렸고 입이 바보처럼 쩍 벌어져 있었다. 그는 발돋움하듯 몸을 펴 자신 앞에 서 있는 뚱뚱한 군의관의 머리 위로 얼굴을 쭉 빼고는 자꾸만 입술을 핥으면서 눈앞에 펼쳐지고 있는 광경을 하나도 놓치지 않으려고 했다.

'바보 자식들.' 토다는 마음속으로 그렇게 중얼거렸다. '정말 바보 같은 놈들이야.' 하지만 그들이 왜 바보인지, 그렇게 말하는 자신은 도대체 어떤 사람인지 토다는 생각하려고 하지 않았다. 아니, 생각하는 것조차 귀찮았다.

수술실은 정신이 좀 멍해질 정도로 더웠으며 실내의 공기도 무겁게 가라앉고 탁해져 있었다. 그 때문에 토다는 조수로서의 역할을 잠시 잊을 뻔했다.

수술대 위에서 포로가 심하게 콜록거리기 시작했다. 기관지 안으로 분비물이 흘러들어간 것이다. 토다는 아사이 조교가 마스크를 쓴 채 하시모또 교수에게 우물거리는 소리로 묻는 것을 들었다.

"코카인을 쓸까요?"

"쓰지 않아도 돼." 하시모또 교수는 수술대에서 상체를 일으키더니 갑자기 화가 치미는 듯 소리쳤다. "이놈은 환자가 아니야!"

하시모또 교수의 이 격렬한 고함소리에 놀라 수술실에 있던 사람들은 갑자기 쥐 죽은 듯이 조용해졌다. 8밀리 촬영기가 돌아가는 소리만이 희미하게 이어지고 있었다.

벽에 기대고 있던 스구로의 눈에는 앞에 있는 장교들의 등밖에 보이지 않았다. 때때로 그들은 가벼운 헛기침을 하거나 피곤한 다리를 움직이곤 했다. 그러는 동안 장교들의 어깨 사이로 몸을 앞으로 굽힌 하시모또 교수와 시바따 조교수의 하얀 수술복과 수술대에 묶여 있는 포로의 풀빛 작업바지가 흘끗 보였다.

"메스."

"거즈."

"메스."

조교수가 낮고 쉰 목소리로 오오바 간호부장에게 지시하고 있었다.

'다음은 절단 가위로 늑골을 잘라낼 차례로군.'

의학생인 스구로는 조교수의 목소리만으로 하시모또 교수가 포로의 어디를 자르고 있는지, 이제부터 무엇을 할지를 뚜렷이 머릿속에 그릴 수 있었다.

스구로는 눈을 감았다. 눈을 감고 자신이 지금 입회하고 있는 것이 포로의 생체를 해부하는 현실이 아니라 여느 때처럼 진짜 환자를 수술하는 장면이라고 생각하려 했다.

'환자는 살아날 거야. 조금 있으면 캠퍼 주사를 놓고 새 혈액을 수혈해주겠지.' 그는 억지로 마음속에서 상상했다. '이봐, 오오바 간호부장의 발소리가 들리지. 그건 환자에게 산소호흡기를 걸고 있는 거야.'

하지만 그때 뼈가 부러지는 둔탁한 소리와 그 뼈가 수술용 쟁반에 떨어지는 날카로운 소리가 수술실 벽에 울렸다. 에테르 마취가 풀린 탓인지 갑자기 포로가 낮고 어두운 신음소리를 냈다.

'살아날 거야. 살아날 거야.'

심장의 고동과 마음의 외침이 속도를 더했다. '살아날 거야. 살아날 거야.'

그러나 스구로의 감은 두 눈에 문득 타베 부인의 수술 장면이 떠올랐다. 석류처럼 찢어진 부인의 사체를 둘러싸고 모두가 굳은 표정으로 벽에 기대고 있던 그 해 질 녘의 모습, 바닥에 흐르는 물만이 무영등 빛을 받아 반짝이며 희미한 소리를 내고 있던 그 수술 장면이 떠올랐다. 사체를 마치 살아 있는 것처럼 꾸며 병실로 운반한 오오바 간호부장. "수술은 무사히 끝났습니다." 어두워진 복도 구석에서 입가에 억지웃음을 지으며 아사이 조교가 가족에게 말했었지.

'살아날 수 없어.'

무력감이라고도, 굴욕감이라고도 할 수 없는 그 무엇이 갑자기 숨 막힐 정도로 치밀어올라 스구로의 가슴을 옥죄었다. 할 수만 있다면 손을 들어 앞에 늘어서 있는 장교들의 어깨를 밀치고 싶었다.

하시모또 교수의 늑골도를 빼앗고 싶었다. 하지만 눈을 뜬 그의 앞에는 장교들의 떡 벌어진 어깨가 위엄스레 버티고 있었으며 허리에 찬 군도가 납빛으로 희미하게 빛나고 있었다.

젊은 장교 하나가 갑자기 이쪽으로 고개를 돌려 수술복을 입은 채 뒤에 서 있는 스구로를 의아스러운 듯이 바라보았다. 그 눈은 돌연 스구로를 힐문하듯 분노의 빛으로 바뀌었다.

'너 이 자식, 두려운 게군.' 그 눈은 말하고 있었다. '그러면서 네가 일본의 청년이라고 할 수 있겠나?'

스구로는 그 따가운 시선을 받으면서 자신이 수술실에 있는 모든 사람들에게 쓸모없는 의사로밖에 비치지 않는다는 것과, 수술 참가 제안을 거절하지 못한 무기력한 남자라는 사실을 깨달았다.

'나는 아무 짓도 하지 않았어.' 그는 수술대 쪽을 바라보며 그 풀빛 바지에게 신음하듯 중얼거렸다.

'나는 네게 아무 짓도 하지 않았어.'

그런데 그때,

"포로의 왼쪽 폐를 전부 잘라냈고 이제 오른쪽 폐의 상엽을 절단 중입니다. 종전 실험에서는 양쪽 폐를 이분의 일 이상 동시에 잘라내면 즉사하는 것으로 밝혀졌습니다" 하는 아사이 조교의 목소리가 날카롭게 울렸다.

그러자 장교들의 장화가 삐드득하며 거슬리는 소리를 내기 시작했다. 어느새 니이지마 조교의 8밀리 촬영기의 소리도 그쳐 있었다. 바닥을 흐르는 무심한 물소리만 수술실에 퍼졌다.

"40…… 35…… 30." 토다가 혈압계를 소리내어 읽었다.

"30…… 25…… 20…… 15…… 10…… 멈췄습니다."

토다는 사무적으로 이쪽을 향해 보고하고는 천천히 일어났다. 잠시 동안 침묵이 흘렀지만 곧이어 둑이 터지듯 장교들이 헛기침을 하거나 신발 소리를 내기 시작했다.

"끝난 건가?" 앞줄에 있던 뚱뚱한 군의관이 손수건으로 이마를 닦으면서 물었다. "몇시지?"

"4시 28분입니다." 아사이 조교가 대답했다. "수술 시작이 3시 8분이니까 소요 시간은 한시간 이십분이 됩니다."

하시모또 교수는 묵묵히 사체를 내려다보았다. 그의 손에 끼워진 피투성이 장갑에는 번쩍거리는 메스가 여전히 꽉 쥐여져 있었다. 그런 하시모또 교수를 밀치듯이 오오바 간호부장이 끼어들더니 흰 천으로 사체를 덮었다. 하시모또 교수는 한두걸음 비틀거리며 뒷걸음치는가 싶더니 그대로 바닥에 선 채 꼼짝도 하지 않았다.

수술실 문을 열고 장교들이 복도로 나갈 무렵, 힘을 잃은 오후의 가녀린 햇살이 쓸쓸히 창에 머물러 있었다.

그 창을 보면서 장교들은 잠시 눈을 깜빡이거나 언짢은 표정으로 고개를 젓고는 한 손으로 어깨를 두드리며 일부러 크게 하품을 해 보였다.

"별거 아니군." 한사람이 갑자기 큰 소리로 말했다. 하지만 짐짓 꾸민 듯한 부자연스러운 그 목소리는 공허하게 벽에 부딪힐 뿐이었다.

"무라이村井, 자네는 정말 여자하고 한바탕한 것 같은 얼굴인데."

그는 동료의 눈을 가리키며 수상스럽다는 듯이 말했다. "눈이 새빨개졌어."

하지만 눈동자가 빨간 사람은 손가락질당한 장교만이 아니었다. 다른 군인들의 눈도 희번덕거리며 보기 흉하게 충혈되어 있었다. 그것은 정말이지 정사를 치른 후 눈에 핏발이 서고 기름기와 땀으로 얼룩진 얼굴이었다.

"진짜로 여자와 한바탕한 얼굴이군."

"머리가 지끈거리는 것까지 똑같아."

"코모리 소위의 송별회는 5시 반부터잖아. 바깥바람이나 쐬러 나가자고."

그들은 저벅저벅 소리를 내며 계단을 내려갔다.

장교들이 사라진 뒤 오오바 간호부장이 슬그머니 수술실 밖으로 얼굴을 내밀었다. 복도에 아무도 없는 것을 확인하자 그녀는 우에다 간호사와 함께 흰 천으로 덮어씌운 이동식 침대를 옮기기 시작했다. 뒤늦게 나온 스구로는 벽에 기댄 채 그녀들이 허리를 구부리고 밀고 가는 이동식 침대의 삐걱거리는 소리를 가만히 들었다. 그 소리는 들렸다 끊어졌다 하며 납빛으로 빛나는 아무도 없는 긴 복도 저편으로 사라져갔다.

어디로 가야 할지 알 수 없었다. 무엇을 해야 하는지도 알 수 없었다. 수술실 안에는 아직 교수와 조교수, 그리고 아사이 조교와 토다가 남아 있었지만 스구로는 그곳으로 되돌아갈 수 없었다.

죽였다, 죽였다, 죽였다, 죽였다…… 누군가의 목소리가 리듬에 맞춰 귓가에 계속 읊조려댔다. '나는 아무 짓도 안했어.' 스구로는 그 목소리를 필사적으로 지우려 했다. '나는 아무 짓도 하지 않았다니까.' 그러나 이러한 암시는 다시 자신에게 되돌아와 마음속에 작은 소용돌이를 일으키다가 사라졌다. '맞아, 너는 아무 짓도 하지 않았어. 아주머니가 죽을 때도, 그리고 이번에도 아무 짓도 하지 않았어. 하지만 너는 언제나 거기에 있었지. 거기에 있으면서 아무 짓도 하지 않은 거야.' 계단을 내려가는 자신의 발소리를 들으면서 그는 두시간 전에 그 미군 병사가 아무것도 모른 채 이 계단을 올라갔겠구나 하고 생각했다. 그러자 어쩔 줄 몰라하던 포로의 모습이 뚜렷이 떠올랐다. 그리고 문득 수술실에서 사지가 절단된 피투성이 사체 위에 재빨리 흰 천을 덮어씌우던 오오바 간호부장의 모습이 되살아났다.

심한 구토기가 목구멍까지 치밀어올랐다. 그는 창에 기댄 채 의학부 학생시절부터 피투성이 몸이나 사지를 익히 보아오지 않았느냐며 자신을 타일렀다. 그럼에도 불구하고 그 핏빛과 살덩어리의 느낌은 수술할 때나 사체 해부할 때 줄곧 보아오던 것과는 달랐다. 이 토할 것 같은 기분은 필시 살덩어리나 핏빛 때문이 아니라 그것을 감추려 하는 오오바 간호부장의 추악한 행동을 떠올렸기 때문이리라.

창문 너머로 저물어가는 하늘 한가운데서 변전소의 전선이 바람에 흔들리며 웅웅대고 있었다. 그 차가운 하늘을 작은 새 두어마리가 가로질러 날아가고 소독실 굴뚝에서는 연기가 천천히 솟아올랐다. 멀리 뒷문에서 한 무리의 간호사들이 삼태기와 삽을 아무렇게나 질질 끌며 돌아왔다. 이 모두가 어제나 그저께와 다를 바 없는 겨울 해 질 녘의 평범한 병원 풍경이었다.

손잡이에 기댄 채 그는 갑자기 엄습한 두번째 현기증이 사라지기를 가만히 기다렸다. 그러고 나서 한걸음 한걸음 계단을 내려갔다.

안뜰에는 이제 장교들의 모습이 보이지 않았다. 뒷문으로 들어온 간호사들이 삼태기를 잔디 위에 늘어놓고 손수건으로 얼굴을 닦으면서 이쪽으로 다가왔다. 본능적으로 스구로는 그녀들에게 얼굴을 감추고 도망치듯 빨리 걸었다.

"선생님!" 잔디밭 돌 위에 앉아 있던 간호사가 밝은 목소리로 말을 걸었다. "부장님의 공동입원실 회진은 오늘도 없나봐요?"

스구로는 아무 말도 하지 않았다. '별일 아니잖아. 간호사들은 아무것도 모르는데 내가 왜 얼굴을 감추려 하는 거지?'

"선생님, 가주시겠습니까?"

"아, 가지."

그래. 오늘 하루 종일 공동입원실 회진을 까맣게 잊고 있었군. 하지만 새삼스럽게 지금 가서 뭘 하지? 마치 아무 일도 없었다는 듯이 환자들과 이야기를 나누거나 엑스레이 사진을 확인하고 검사표를 작성한다. 내일부터 연구생으로서의 생활이 다시 시작된다. 하시모또 교수도 시바따 조교수도 아사이 조교나 토다까지 모두 이전처럼 회진을 하거나 외래 환자를 진찰할 수 있을까? 그것이 가능할까? 그 밤색 머리칼의 선량해 보이던 포로의 얼굴은 그들 머릿속에서 완전히 지워져버린 걸까? 하지만 나는 그럴 수 없다. 잊을 수 없다.

잿빛 절단면을 드러낸 채 포플러의 그루터기가 땅 위로 얼굴을 내밀고 있었다. 그것은 늙은 일꾼이 꽤나 오랜 시간을 들여 베어낸 것이었다. 스구로는 그 그루터기를 멍하니 바라보며 문득 아주머니를 떠올렸다. 비 오는 날 나무상자에 담겨 옮겨졌던 아주머니. 포플러는 이제 없다. 아주머니도 죽었다. '이제 연구실을 그만두자.'

스구로는 마음속으로 중얼거렸다. '너는 자신의 인생을 엉망으로 만들어버렸어.' 하지만 그 중얼거림이 자신을 향한 것인지, 아니면 다른 누구를 향한 것인지, 그로서는 알 수 없었다.

Ⅱ

토다가 맨 마지막으로 수술실에서 나오니 복도에서 아사이 조교가 거즈로 싼 수술용 쟁반을 손에 들고 입가에 미소를 띠며 기다리고 있었다.

"토다 군, 잠깐만. 이걸 회의실에 갖다 주지 않겠어?"

"예, 그러죠."

"군인들이 송별회를 열고 있어서 말이야."

"이게 뭡니까?"

"타나까田中 군의관이 주문한 포로의 생간이야."

아사이 조교는 거즈를 집어올리고서 수술용 쟁반을 토다에게 보였다. 검붉은 피로 탁해진 액체 속에 암갈색 살덩어리가 담겨 있었다.

"어떻게 한대요?

"알코올에 담가 기념으로 놔두겠지, 뭐."

시원시원한 목소리로 조교는 대답했다. 그것은 마치 환자의 사체 해부를 끝마친 뒤 그다음에 해야 할 일을 설명할 때와 마찬가지로 차분한 목소리였다.

미끈미끈한 살덩어리에 눈길을 주는 순간 토다는 수술대 위에 누워 있던 포로의 넓고 하얀 복부가 선명하게 떠올랐다. 오오바 간호부장이 머큐로크롬을 바를 때 눈을 자극할 정도로 하얗게 보이던 미군 병사의 배. 그는 이제 없다. 어디에도 없다. 이 검붉은 피로 탁해진 액체 속에 무겁게 가라앉은 살덩어리 이외에는 더이상 어디에도 없다. 정말일까? 꿈을 꾸고 있는 듯 기묘한 감각에 사로잡혔다. 그 넓고 새하얀 복부와 이 탁한 팥색 살덩어리가 어떻게 연결되는 건지 아무리 해도 알 길이 없어 혼란스러운 기분으로 잠시 멍하니 있었다.

"정말 허무하군." 조교가 갑자기 낮은 목소리로 속삭였다. "사체에 익숙한 우리지만 어쩔 수 없이 조금은 감상적이 되는군."

토다는 살짝 고개를 들어 테 없는 안경을 콧등에 걸치고 있는 아사이 조교의 얼굴을 훔쳐보았다. 어느 곳 하나 달라진 데는 없었다. 그 얼굴은 회진 때 환자들에게 붙임성 있는 말을 건성으로 건네는 수재의 얼굴이었다. 휘파람을 불며 연구실에 나타나서는 혀를 차면서 검사표를 점검하던 때의 얼굴이었다. 지금 막 한사람을 죽이고 온 흔적은 어디에서도 찾을 수 없었다.

'내 얼굴도 저렇겠지.' 토다는 괴로움을 느끼며 생각했다. '변한 거라곤 없어. 어때? 내 마음은 이렇게 아무렇지도 않고 오랫동안 찾고자 했던 양심의 아픔이나 죄에 대한 가책은 전혀 느낄 수 없어. 한 생명을 빼앗았다는 두려움조차 느껴지지 않아. 왜일까? 어째서 내 마음은 이렇게 아무것도 느끼지 못하는 걸까?'

"토다 군." 조교가 다시 입가에 알 수 없는 미소를 지으며 수술용 쟁반을 든 그의 팔을 잡았다. "할 얘기가 있는데 말이야. 자네, 앞으로 대학에 남을 생각 없나?"

"대학에요?"

"그래, 부조교로. 시바따 씨도 얼마 전부터 그 이야기를 하더군. 자네만 좋다면 말이야."

"글쎄요, 저보다 더 적당한 사람이 있겠죠." 조교의 말속에 숨겨진 의도를 눈치챈 토다는 고개를 숙인 채 대답했다. "스구로도 있고요."

"스구로는 안돼. 녀석은 가망 없어. 게다가 그는 오늘 중요한 때에 어디에 가 있었지?"

"수술실에 있었습니다. 뒤에서 보고 있었을 겁니다."

"그 녀석 지껄이지는 않겠지?" 돌연 아사이 조교가 불안한 듯 얼굴을 가까이 댔다. "만일 외부로 새어나가면……"

"괜찮을 겁니다. 마음이 약한 녀석이니까요."

"그럼 안심이야. 그건 그렇고 지금 이야기한 거 잘 생각해봐. 알겠나, 자네. 하시모또 교수님은 이제 끝났어. 앞으로는 시바따 조교수와 내가 하나가 되어 제1외과를 다시 세울 생각이야. 그러니까 우리와 손을 잡으면 자네를 부조교로 추천하는 것 정도는 일도 아니야. 게다가 무엇보다도 오늘 일로 우리들은 앞으로 일심동체가 되지 않으면 서로 손해야."

조교가 사라진 후 토다는 인기척 없는 복도에서 수술용 쟁반을 손에 든 채로 이상하게 심한 피로를 느꼈다.

일심동체라고 한 아사이 조교의 말, 그것은 공범자 의식을 이용해 자신을 끌어들여서 사건이 새어나가는 것을 막고 앞으로 제1외과에서 조교 자신의 세력을 더욱 확고히 다지려는 달콤한 미끼에 지나지 않는다는 것 정도는 토다도 바로 알아차릴 수 있었다.

'아사이 자식, 수술용 쟁반의 이 살덩어리를 어떻게 생각하고 있는 걸까?'

불과 두시간 전만 해도 살아 있던 저 겁먹은 다갈색 눈의 포로, 아사이 조교는 벌써 그의 죽음을 잊어버린 걸까? 수술실에서 나오자마자 모든 것을 자신의 장래 지위와 결부시켜 이야기할 수 있는 그. 그의 철저한 단순함이 토다로서는 신기하기까지 했다. 하지만

나 역시 손에 들려 있는 이 살덩어리에 대해 얼마나 생각했는가? 검붉은 피로 탁해진 액체에 담긴 이 암갈색 덩어리. 내가 두려워하는 것은 이게 아니라, 자신이 죽인 인간의 신체 일부를 보고도 거의 아무것도 느끼지 못하고 아무런 괴로움도 없는 이 섬뜩한 마음이다.

그는 몸으로 육중한 회의실 문을 밀었다. 서너명의 장교가 고개를 돌렸다. 요리 접시와 술잔을 늘어놓은 긴 책상 옆에서 그들은 겉옷을 벗고 화로에 손을 쬐고 있었다.

"타나까 군의관 계십니까?"

"이제 곧 오실 텐데, 무슨 일인가?"

"주문하신 겁니다." 토다는 약간 잔혹한 쾌감을 느끼며 거즈로 덮인 수술용 쟁반을 식탁 위에 놓았다.

"수고했네."

장교 한사람이 의자에서 일어섰다. 수술 때 밀랍처럼 창백해지던 그 남자였다. 손가락 끝으로 거즈를 집어들고 속을 들여다보더니 괴로운 듯 얼굴을 일그러뜨렸다.

"에바라江原 소위, 뭐지?"

"포로의 간입니다."

토다는 한마디 한마디 또박또박 대답하고는 분위기가 썰렁해진 그 방에서 나왔다.

회의실 문을 닫았을 때 납빛으로 빛나는 긴 복도에는 아무도 없었다. 이 복도를 똑바로 되돌아가면 다시 수술실이 나온다. 그런 생각을 하자 다시 한번 그 방을 들여다보고 싶은 억누를 수 없는 충동이 엄습해왔다.

'한번만 더. 그후 어떻게 되어 있는지 봐야겠어.'

오후의 마지막 햇살이 서서히 유리창에서 사라지려 하고 있었다. 조용했다. 때때로 등 뒤의 회의실에서 이야기 소리가 낮게 새어나왔다.

그는 계단을 한두걸음 내려가다가 발걸음을 멈췄다. 그리고 획 방향을 바꾸어 복도 벽에 울리는 자신의 발소리를 하나하나 들으며 수술실로 다가갔다.

문은 아직도 조금 열려 있었다. 그 문을 밀자 둔탁한 소리를 내며 삐걱거렸다. 에테르 냄새가 희미하게 코를 찔렀다. 준비실의 하얀 책상 위에는 마취제병 하나가 쓸쓸히 뒹굴고 있었다.

토다는 잠시 한가운데에 서 있었다. 거기에서 포로가 "아, 에테르!" 하고 외치던 목소리가 되살아났다. 그 아이 같은 외침이 아직까지 귓가에 남아 있었다. 본능적으로 공포가 엄습했지만 토다는 한동안 견뎠다. 그러자 잔물결이 빠져나가듯 공포가 사라지고 이상할 정도로 차분해졌다.

지금 토다가 원하는 것은 가책이었다. 가슴의 격렬한 통증이었다. 가슴을 찢는 듯한 후회였다. 그러나 이 수술실에 돌아와서도 그런 감정은 역시 일어나지 않았다. 보통 사람과는 달리 의학생인 그는 예전부터 수술 후 혼자 수술실에 들어가는 것에 익숙했다. 그때와 지금, 어디가 다른지 그로서는 알 수 없었다.

'여기서 작업복 윗옷을 벗었지.' 그는 광경을 하나하나 떠올리면서 마음이 고통스러워지기를 헛되이 기다렸다. '그 포로는 밤색 털이 난 가슴을 부끄러운 듯 여자처럼 양손으로 가렸지. 그리고 아사이 조교의 지시에 의해 옆에 있는 수술실로 갔어.'

그는 수술실 문을 살짝 열었다. 스위치를 켜자 파르스름한 무영등 빛이 천장과 사방의 벽에 눈부시게 반사됐다. 금이 간 수술대 위에 작은 거즈 한조각이 떨어져 있었다. 거기에는 검붉은 피의 흔적이 남아 있었다. 그것을 봐도 이제 와서 별다른 마음의 고통이 일어나지는 않았다.

'내게는 양심이 없는 걸까? 나뿐 아니라 다른 동료들도 모두 나처럼 자신이 저지른 행위에 무감각할까?'

타락할 데까지 타락했다는 생각이 그의 가슴을 짓눌렀다. 그는 전등을 끄고 다시 복도로 나왔다.

저녁 어스름이 이미 복도를 감싸고 있었다. 토다는 발걸음을 내딛는 순간 맞은편 계단에서 울리는 무거운 발소리를 들었다. 그 발소리는 계단을 천천히 오르더니 수술실 쪽으로 다가왔다.

토다는 복도 창에 몸을 바싹 대고 어스름 속에서 진찰복 차림의 한 남자가 박꽃처럼 하얀 모습으로 다가오는 것을 멍하니 바라보았다. 하시모또 교수였다.

토다가 거기에 숨어 있는 것을 알아채지 못한 하시모또 교수는 수술실 앞에 멈춰서서 진찰복에 양손을 넣은 채 등을 구부리고 가만히 수술실 문과 마주하고 있었다. 얼굴이 뚜렷이 보이지는 않았지만 그의 떨군 어깨와 구부린 등, 저녁 어스름에 빛나는 은발은 무척이나 늙고 수척해 보였다. 그는 오랫동안 문을 가만히 응시하더니 이윽고 다시 구두 소리와 함께 계단 쪽으로 사라져갔다.

"선생님, 공동입원실에 잠깐 가주세요. 오늘 아침부터 열이 나는 환자가 있어서요." 등 뒤에서 간호사가 말을 걸었다.

"그러지." 스구로는 얼굴을 돌리고 낮은 목소리로 말하며 고개를 끄덕였다.

"오늘 아사이 선생님과 토다 선생님이 모두 보이지 않는데 수술이 있었나요?"

"수술은 아냐."

"그런데 간호부장도 자리에 없습니다. 갑자기 참호를 파라고 저희를 보냈는데 무슨 일 있었습니까?"

스구로는 젊은 간호사의 표정을 흘끗 훔쳐보았지만 그녀는 천진난만한 얼굴로 그의 대답을 기다리고 있었다.

"공동입원실로 갈 테니 내 청진기 좀 가져다줘."

그러나 공동입원실 입구에 들어서는 순간, 어둠속에 희붐하게 늘어서 있는 세줄의 침대 위에서 환자들이 일제히 자신을 바라보자 스구로는 다리에 힘이 풀려 후들거렸다. 그는 눈을 내리깐 채 곧바로 침대와 침대 사이를 지나 빠져나갔다. '나는 이제 이 환자들을 똑바로 볼 수가 없어.' 그는 마음속으로 신음했다. '이 사람들

은 아무것도 알지 못해.'

열이 난 환자는 아베 미쯔의 맞은편 침대에 있는 노인으로 불과 일주일 전만 해도 그 자리에는 아주머니가 누워 있었다. 스구로를 보자 그 노인은 이가 거의 빠져 검붉게 변한 잇몸을 드러내며 얼굴을 찡그린 채 계속 무엇인가를 하소연하려고 했다.

"담이 목구멍에 걸렸대요." 옆에서 미쯔가 말했다. "이젠 괜찮을 거예요. 선생님이 다 알아서 해주실 테니."

스구로는 노인이 내민 팔을 살짝 잡았다. 그 팔은 스구로의 엄지와 검지 사이에 쏙 들어갈 정도로 야위어 있었다. 검버섯이 피고 꺼칠꺼칠하게 주름 잡힌 피부의 감촉은 그로 하여금 아주머니의 팔을 문득 떠올리게 했다. "선생님, 살려주세요. 꼭 좀 살려주세요." 스구로는 아베 미쯔가 중얼거리는 소리를 눈을 깜박이면서 들었다.

오오바 간호부장과 우에다 노부 간호사를 태운 승강기는 삐걱거리는 소리를 내며 천천히 어두운 지하실로 내려가고 있었다.

"이 승강기에서 기분 나쁜 소리가 나네요. 기름이 떨어진 걸까요?"

우에다 간호사는 여기저기 흉하게 칠이 벗겨진 천장을 올려다보면서 중얼거렸다.

하지만 벽에 기댄 간호부장은 눈을 감은 채 아무런 반응도 보이지 않았다. 간호부장의 얼굴은 평소보다 훨씬 야위어 광대뼈가 유난히 튀어나와 보였다. 이처럼 가까이에서 간호부장의 얼굴을 찬찬히 들여다볼 기회가 없었던 그녀는 머리를 덮고 있는 모자 밑으로 흘러내린 머리카락에 흰머리가 몇가닥 섞여 있는 것을 보고 깜짝 놀랐다.

'어머나! 진짜 할망구였네.' 우에다 노부는 심술궂은 얼굴로 가만히 오오바 간호부장의 옆얼굴을 바라보았다. 그 옛날 노부가 결혼하기 전, 그러니까 이 병원에 근무할 적에 오오바 간호부장은 그녀보다 사년 먼저 들어온 일반 간호사에 지나지 않았다.

동료들과 어울리지 못하고 친구다운 친구 하나 없이 무표정한 얼굴로 다니던 그녀는 의사들에게는 없어서는 안될 존재였지만 동료들에게는 점수 따기에 혈안이 된 아첨꾼이라는 험담을 듣던 사람이었다.

다른 간호사들처럼 살짝 화장을 하거나 루주를 바르는 것은 오오바 간호부장에게는 있을 수 없는 일이었다. 더구나 광대뼈가 튀어나온 어두운 그 얼굴을 보고 남자 환자들이 마음을 빼앗긴다는 것은 상상할 수도 없었다.

'그래서 간호부장이 될 수 있었겠지.' 노부는 자신의 상관이 된 이 여자에게 새삼스레 질투와 증오가 뒤섞인 감정을 느끼며 속으로 그렇게 중얼거렸다.

승강기가 지하실에 멈춰서자 노부는 두사람 사이에 놓인 이동식 침대의 손잡이를 잡고 쌀쌀한 복도로 끌어냈다. 배관이 드러나 있는 천장의 침침한 알전구만이 홀로 희미하게 불을 밝히고 있었다. 예전에는 병원 부속 매점이나 다방이 이 지하실에 있었지만 지금 그 방들은 먼지투성이 상태로 방치된 채 공습이 있을 경우 환자들의 대피소로 사용되곤 했다.

노부가 복도 막다른 곳에 있는 시체 안치실 쪽으로 이동식 침대를 돌리자 지금까지 묵묵히 뒤에서 감독하고 있던 오오바 간호부장이 "반대쪽이에요, 우에다 씨" 하고 강압적으로 지시했다.

"어머, 저기로 옮기는 거 아니에요?"

"반대쪽!"

간호부장은 무표정하게 굳은 얼굴로 고개를 저었다.

"어째서요?"

"아무래도 상관없잖아요. 지시대로 해요."

흰 천을 씌운 이동식 침대는 습하고 시멘트 냄새가 배어 있는 지하실 복도 반대편으로 향해 갔다. 이동식 침대를 밀면서 우에다 노부는 손잡이를 잡고 있는 오오바 간호부장의 야위고 완고해 보이는 등을 바라보았다.

'이 사람, 정말 돌 같아. 인간의 감정을 가지고나 있긴 한 걸까?'

그러자 그녀의 마음에 갑자기 돌같이 핏기 없는 간호부장의 얼굴을 실컷 쥐어뜯고 싶은 충동이 일었다.

알전구의 흐릿한 그림자가 여기저기 흩어져 있는 시멘트 포대와 부서진 실험용 책상, 짚이 비어져나온 의자 더미에 드리워져 있었다. 이동식 침대 바퀴가 나른하고 단조로운 소리를 내며 삐걱거렸다.

“간호부장님,” 노부는 일부러 오오바 씨라고 하지 않고 간호부장님이라고 불렀다. “오늘 일, 누구에게 부탁받으셨어요?”

하지만 상대방의 야윈 등은 꿈쩍도 하지 않았다. 그녀는 이동식 침대의 손잡이를 잡은 채 앞으로 나아가고 있었다. 그것을 보자 노부의 입술에는 무심결에 얄궂은 미소가 번졌다.

“아사이 선생님이에요? 전 아사이 선생님한테 들었거든요. 아사이 선생님이 글쎄 사흘 전 밤에 난데없이 제 아파트에 오셨지 뭐예요. 정말 깜짝 놀랐어요. 그도 그럴 것이 술을 드시고…… 제게……”

“조용히 해요.” 갑자기 오오바 간호부장이 이동식 침대에서 손을 뗐다. “멈춰요.”

“여기 놔둬도…… 괜찮나요?”

“………”

“누가 인수하러 오나요?”

“우에다 씨, 간호사들은 묵묵히 선생님의 지시대로만 하면 돼요.”

시체를 덮은 하얀 천이 어둠속에서 도드라져 보였다. 두사람은 잠시 이동식 침대를 사이에 두고 눈을 번뜩이며 서로를 노려보았다.

“우에다 씨,” 오오바 간호부장은 가는 눈으로 가만히 노부를 바라보며 말했다. “이제 집으로 돌아가도 좋아요. 말할 필요도 없겠지만 오늘 일은 누구에게도 발설해서는 안돼요. 만일 입을 가볍게 놀리면……”

"그러면 어떻게 되는데요?"

"하시모또 선생님께 얼마나 폐가 될지는 알고 있겠죠?"

"흐음," 우에다 노부가 입을 오므리고 말했다. "우리 간호사들이 그렇게까지 의사를 위해 일해야 하나요?"

그리고 그녀는 혼잣말처럼 중얼거렸다. "나는 말이죠, 어떤 분과 달리 특별히 하시모또 선생님만을 위해 오늘 수술을 도운 건 아니니까요."

그때 노부의 눈에는 분한 듯 입술을 떨며 뭔가 이야기하려는 오오바 간호부장의 일그러진 얼굴이 비쳤다. 간호부장이 그렇게 난처한 표정을 아랫사람에게 보인 것은 노부가 병원에 근무한 이래 처음 있는 일이었다.

'내가 추측한 대로군.' 마침내 상대방의 급소를 찔렀다는 쾌감이 노부의 마음속에서 솟아올랐다. '아이, 망측해라. 이 돌 같은 여자가 하시모또 교수를 좋아하고 있었다니.' 그녀는 생각했다.

그녀는 오오바 간호부장에게 아무 말도 하지 않은 채 등을 돌려 승강기를 타지 않고 최근에 설치된 비상계단을 통해 안뜰로 뛰어나갔다.

안뜰은 벌써 땅거미가 지기 시작했다. 그녀가 예전에 간호학교 학생이었을 때, 이 의학부 건물과 병동은 해 질 녘이 되면 창문마다 부옇게 등불이 켜져 마치 항구에 들어오는 화려한 배처럼 보였다. 당시에 노부는 그 야경을 바라보면서 F 시에 인접한 하까따博多항의 축제를 떠올리곤 했다.

하지만 지금 희미한 불빛이 새어나오고 있는 곳은 병원의 접수처와 사무소뿐이었다. 제1외과의 이층에 있는 회의실에서 군가를 합창하는 남자들의 우렁찬 소리가 들려왔다. 창이 검은 막으로 가려져 있긴 했지만 그 틈새로 어렴풋이 전등빛이 어른거렸다.

'오늘 수술실에 왔던 군인들이군.' 노부는 생각했다. '세상 좋군. 우리는 콩밖에 못 먹는데 저놈들은 잔뜩 먹고 마셔댈 수 있으니. 그런데 뭘 먹고 있는 거지?'

그때 오늘 뚱뚱한 군인 한명이 해부가 끝난 수술실에서 아사이 조교의 귀에 입을 바싹 대고 작은 소리로 속삭인 말이 노부의 기억 속에 천천히 떠올랐다. "어이, 포로의 간을 잘라주지 않겠나?" "뭘 하시려고요?" 아사이 조교가 테 없는 안경을 번쩍 빛내자 그 군의관은 히죽히죽 웃었다. "군의관님, 설마 젊은 장교들에게 먹이시려는 건 아니겠죠?" 그때 아사이 조교는 상대방의 마음을 알아차린 듯 입가에 엷은 조소를 지었다.

노부는 그 대화를 떠올리며 본능적으로 혐오감을 느꼈다. 그러나 혐오감을 제외하면 그녀는 군인들이 포로의 간을 먹든 말든 아무래도 상관없었다. 간호사인 그녀는 환자의 수술이나 사람의 피에 익숙해져 있었기 때문에 오늘 수술대로 옮겨진 남자가 미군 포로라고 해서 특별히 두려움이 생기지는 않았다. 하시모또 교수가 포로의 피부에 일직선으로 전기메스를 그을 때 우에다 노부가 연상했던 것은 힐다의 하얀 살갗뿐이었다. 자연기흉을 일으킨 공동입원실 환자에게 자신이 프로카인액을 주사하려고 할 때 격렬하게 소리치며 책상을 두드려댄 힐다의 손. 그 힐다의 손과 마찬가지로 오늘 포로의 살갗에는 금빛 솜털이 나 있었다.

'하시모또 선생이 힐다 씨에게 오늘 일을 이야기할까? 말할 수 없을 거야.' 노부는 힐다에게 이겼다는 쾌감을 애써 느껴보려 했다. '힐다 씨가 아무리 행복하고 성녀라 해도 자기 남편이 오늘 무슨 일을 했는지는 모르잖아. 하지만 나는 똑똑히 알고 있어. 하시모또 선생이 오늘 무슨 일을 했는지는 나밖에 모르는 거야.'

아파트로 돌아오자 방은 칠흑처럼 어두웠다. 마루에 걸터앉자 갑자기 피로가 몰려왔다. 그녀는 구두도 벗지 않고 무릎을 양손으로 껴안은 채 잠시 가만히 있었다.

"우에다 씨, 배급 나온 비누 반 조각 창가에 뒀으니까 대금은 나중에 지불해주소."

관리인의 목소리가 복도 안쪽에서 으스스하게 들리더니 이내 쾅 하고 문이 닫히는 소리가 났다. 어둠속에서 방에 깔아둔 이불과 식탁만이 희끄무레하게 보였다. 옆집 라디오에서 금속을 긁는 듯한 경계경보 버저가 울리고 있었다.

'앞으로 어떻게 될지 모르겠어.' 언제나 마찬가지지만 병원에서 이 싸늘한 방으로 돌아오면 노부는 가슴을 죄어오는 적막감과 고독에 사로잡히곤 했다. '오늘도 이것으로 끝났지만…… 끝났지만……'

정말 오늘도 이것으로 끝났다. 그녀가 지금 생각하는 것은 그뿐이다. 상당히 오랫동안 병원에 나가지 않았기 때문인지 유난히 몸과 마음이 지쳐버린 느낌이다. 내일부터 또다시 공동입원실 환자들의 혈침을 재거나 담痰 처리를 해야 한다. 힐다 씨는 아무것도 모른 채 병원으로 올 것이다. '기분 좋은 일이야.' 그리고 오오바 간호부장은…… 그녀가 하시모또 선생에게 빠져 있다는 사실은 나만 알고 있어.

그녀는 구두를 벗어던지고 보자기를 씌운 전등을 켰다. 불을 피워서 물에 불린 콩을 삶아 홀로 쓸쓸한 식사를 할 마음이 들지 않았다. 늘 그렇듯이 예전에 마스오를 위해 만들었던 배냇저고리를 벽장에서 꺼내 무릎에 올려놓은 채 멍하니 앉아 있었다.

어둠속에서 담뱃불이 빨갛게 타오르고 있다.

"스구로?" 옥상에 올라온 토다가 낮은 소리로 물었다.

"응."

"담배 피우는 기가?"

스구로는 대답하지 않았다. 그는 옥상 난간에 기댄 채 양손으로 턱을 받치고 앞을 바라보고 있었다. F 시는 오늘밤도 전등을 끈 채 공습에 대비하고 있었다. 경보가 있든 없든 밤이 되면 거리는 아주 희미한 불빛도 밖으로 새어나오지 않는다. 아니, 새어나오지 않는 게 아니라 등불을 켤 집도 사람도 모두 사라져버린 듯했다.

"뭘 하고 있노?"

"아무것도 안한다."

하지만 토다는 스구로가 하얗게 빛나는 바다를 가만히 바라보고 있음을 알아차렸다. 검은 파도가 밀려왔다가 밀려가는 어두운 소리가 마치 모래 소리처럼 나른하게 울려퍼지고 있었다.

"내일 또 회진인가?" 토다는 일부러 하품을 하면서 자못 졸린 듯이 중얼거렸다. "아, 피곤타. 오늘 정말 피곤타."

스구로는 담뱃불을 끄고 이쪽을 돌아보았다. 그는 콘크리트 바닥에 앉더니 양손으로 무릎을 감싸안고 고개를 숙였다.

"우예 될란가?" 스구로가 낮은 소리로 말했다. "우리는 우예 되는 기고?"

"우예 되기는. 똑같지. 아무것도 안 달라진다."

"그래도 오늘 일, 넌 괴롭지 않나?"

"괴롭다고? 뭣 때문에 괴롭노?" 토다는 비꼬는 듯한 말투로 말했다. "괴로울 건 아무것도 없다."

스구로는 침묵했다. 이윽고 그는 자신을 타이르듯이 기어들어가는 목소리로 말했다. "니는 강하다. 나는…… 오늘, 수술실에서 눈을 감고 있었다. 우예 생각해야 좋을지 나로서는 지금 전혀 모르겠다."

"뭐가 괴롭다는 기고?" 토다는 쓰디쓴 무언가가 목구멍에서 치밀어오르는 것을 느끼며 말했다.

"그 포로를 죽인 거 말이가? 그래도 그 포로 덕에 몇천 명의 결핵 환자 치료법을 알 수 있게 된다면 그것은 죽인 게 아니고 살린 기다. 인간의 양심 따위는 생각하기에 달린 거 아이가."

토다는 눈을 들어 시커먼 하늘을 쳐다보았다. 롯꼬오 소학교의 여름방학, 중학교 교정에서 벌서던 야마구찌의 모습, 무덥던 호수의 밤, 야꾸인의 하숙집에서 작은 핏덩어리를 미쯔의 자궁에서 꺼내던 기억이 그의 마음을 천천히 가로질러갔다. 정말이지 아무것도 변하지 않았고 똑같았다.

"그래도 우린 언젠가 벌받을 기다." 스구로가 갑자기 몸을 밀착하며 속삭였다. "어때? 안 그렇나? 벌받아도 싸단 말이다."

"벌이라면 세상의 벌 말이가? 세상의 벌만으로는 아무것도 안 변한다." 토다는 또다시 크게 하품하면서 말했다. "나나 니는 이런 시대에 이런 의학부에 있어서 포로를 해부한 것뿐이다. 우리를 벌주는 사람들도 같은 입장에 놓이게 되면 그땐 또 우예 될지 모르는 기라. 세상의 벌이란 그저 그런 기다."

그렇지만 토다는 말할 수 없는 피로를 느껴 입을 다물고 말았다. 스구로에게 설명해보았자 아무 소용 없다는 쓸쓸한 체념이 그의 가슴을 가득 채웠다. "난 그만 내려갈란다."

'그럴까? 우린 영원히 지금과 마찬가지일까?'

스구로는 혼자 옥상에 남아 어둠속에서 하얗게 빛나고 있는 바다를 바라보았다. 그리고 거기에서 무언가를 찾고자 했다.

'양떼구름 지날 때' '양떼구름 지날 때'

그는 애써 그 시를 읊으려 했다.

'뭉게구름 피어오를 때마다' '뭉게구름 피어오를 때마다'

하지만 스구로는 소리를 낼 수 없었다. 입안이 메말라 있었다.

'하늘아 네가 뿌리는 것은 하얀, 하이얀 솜 떼'

스구로로서는 할 수 없었다. 할 수 없었다……

전쟁과 일본인의 죄의식

일본을 대표하는 가톨릭 작가인 엔도오 슈우사꾸(遠藤周作)가 일생에 걸쳐 탐구한 주제 중 하나는 신(神)의 문제였다. 그는 기독교적 전통이 없는 일본의 범신적 풍토에서 신이 지닌 의미, 신이 없는 일본인의 정신적인 헐벗음, 죄의식의 부재 등을 일관되게 다루었으며, 초기작을 대표하는 『바다와 독약(海と毒薬)』 역시 이러한 주제의식이 분명하게 드러나 있는 작품이다.

『바다와 독약』은 잡지 『분가꾸까이(文學界)』 1957년 6, 8, 10월호에 연재되어, 이듬해인 1958년 4월 분게이슌주우샤(文藝春秋社)에서 단행본으로 간행된 소설이다. 엔도오에게 제12회 마이니찌(每日) 출판문화상과 제5회 신쪼오샤(新潮社) 문학상을 안겨준 이 작품은 높은 평가와 더불어 문단에서 엔도오의 위치를 확고히 해주었다.

이 작품은 1945년 5월 17일부터 6월 2일에 걸쳐 미군 포로를 대상으로 실제로 행해진 '큐우슈우 대학 생체해부 사건(九州大學生体解剖事件)'을 배경으로 하고 있다. 제2차 세계대전이 막바지로 치닫고 있던 1945년 5월, 후꾸오까 시(福岡市)를 시작으로 큐우슈우 전역을 폭격하던 미군의 B29기가 추락하여 탑승원 12명이 포로로 잡혔는데 서부 사령부는 이중 8명에게 재판도 없이 사형선고를 내린다. 이 사실을 알게 된 큐우슈우 대학 의학부 측에서 이 8명을 생체해부용으로 제공할 것을 군에 요청했고, 군이 이를 받아들여 발생한 사건이다.

그러나 『바다와 독약』이 이처럼 생체해부라는 실제 사건에서 소재를 가져왔다 해도 사건 자체에만 초점을 맞추고 있는 것은 아니다. 엔도오는 자신이 오랫동안 고민해온 죄의식 문제를 바탕으로 이 사건을 다른 차원에서 재구성했다고 밝히고 있다.

먼저 작품은 평범한 쌜러리맨인 '나'가 토오꾜오 도심에서 꽤 떨어진 신흥 주택지로 이사하면서 시작된다. 이 신흥 주택지 앞을 가로지르는 국도 위로 자갈을 실은 트럭이 누런 먼지를 일으키며 자주 지나다녀서 주변은 언제나 먼지로 뒤덮여 있다. 이 도입부는 전쟁의 상흔이 어느정도 가시고 한창 재건에 박차를 가하고 있는 일본과 그 속에서 평범한 일상을 보내고 있는 사람들의 모습을 보여준다. 그러나 좀더 들여다보면 평범해 보이는 주민들은 결코 평범하지 않은 과거를 지니고 있다는 사실을 알게 된다.

'나'가 기흉 치료를 받기 위해 찾아간 스구로 의사는 큐우슈우 대학의 생체해부 실험에 가담한 과거를 지니고 있다. 그뿐만 아니라 주유소 주인은 중국에서 저지른 학살을 재미있는 추억거리로 떠벌리는가 하면 헌병이었다는 양복점 주인은 많은 살인을 저질렀을 것으로 여겨진다. '나' 또한 입대했던 경험이 있다. 군대에 들어가자마자 전쟁이 끝나 전투를 경험하지는 않았지만 전쟁이 계속되었더라면 '나' 역시 살인을 저질렀을지 모를 일이다. 불과 10여년 전에 있었던 일임에도 불구하고 이제 그들은 아무렇지도 않게 평화로운 일상을 보내고 있으며, 그들의 얼굴에서 과거에 저지른 죄의 흔적은 전혀 찾아볼 수 없다. 그들은 전쟁 중 자신들이 저지른 행위를 죄로서 의식조차 하지 않는다. 트럭이 일으키는 흙먼지가 주택지를 자욱이 덮고 있듯이 이들의 얼굴에는 과거와 죄의식을 덮는 먼지가 쌓여 있다. 작가는 생체해부 실험이라는 잔혹한 사건과는 아무 관계도 없는 주유소 주인과 양복점 주인을 통해 죄의식이라는 문제를 일본인, 더 나아가 인간 전반의 문제로 확대시키고 있다.

이처럼 소설은 전쟁이 끝난 지 10여년이 흘러 평화로운 일상을 살아가는 사람들의 모습을 보여준 후 시간을 거슬러 생체해부 실험이 행해졌던 F시의 대학병원으로 무대를 옮긴다.

암울함과 불안감이 지배하는 전쟁 말기, 오랜 전쟁으로 도시는 폐허로 변하고 사람들의 삶과 마음은 나날이 피폐해져간다. 밤마다 계속되는 공습으로 사람들이 죽어가는 상황 속에서도 의학부는 차기 의학부장 자리를 두고 권력다툼이 한창이다. 생체해부 역시 이러한 권력다툼에서 살아남기 위한 방편으로 행해진다.

작가는 생체해부 사건 자체에 초점을 맞추기보다는 스구로, 토다, 우에다라는 세 인물이 어떻게 생체해부에 가담하게 되는지를 중심으로 그들 내면의 문제를 집요하게 파고든다. 특히 제2장 '재판받는 사람들'에서는 이 세사람의 시선으로 사건이 그려지고 있는데, 그들은 외부에서 벌어지는 사건이 아니라 자신들의 고통스러운 내면을 응시한다.

스구로는 양심적으로 보이는 사람임에도 불구하고 생체해부 실험에 참여하게 된다. 실험에 참여하든 안하든 선택은 자유라고 했지만 소심한 스구로는 이를 거절하지 못한다. 이런 그의 태도에는 "아무래도 좋다. (…) 나 혼자서는 어떻게 할 수 없는 세상인 것"(83면)이라는 체념과 무기력이 자리하고 있다. 파편과 같이 미약한 인간은 넘실대며 밀려오는 거대한 파도에 맞설 수 없으며 검은 바다에 휩쓸려갈 수밖에 없는 나약한 존재일 뿐이다. 이러한 체념은 동료인 토다와 간호사인 우에다에게도 공통적으로 보인다. 등장인물들이 느끼는 무력감이나 피로감은 오랫동안 이어져온 비인간적인 전쟁이 '독약'처럼 퍼져 양심과 정신을 마비시켜버렸음을 말해준다. 작가는 전쟁과 같은 극한 상황에서 인간의 이성이나 윤리, 합리적 사고가 얼마나 힘없이 무너지고 마는가를 여실히 보여주고 있다.

일본문화론의 고전으로 불리는 『국화와 칼』(*The Chrysanthemum*

and the Sword, 1946)에서 루스 베네딕트는 일본인에 대해 '죄'를 피하는 것보다는 '수치'를 피하는 것을 더 중요시하는 민족이라고 말한다. '죄의 문화'를 지닌 서양인이 내면의 죄의식에 입각하여 행동하는 데 비해, '수치의 문화'를 지닌 일본인은 타인의 시선 등 외면적인 강제력에 의해서 행동한다는 것이다. 이는 『바다와 독약』의 인물 중 토다의 모습에서 가장 극명하게 드러난다. 토다는 자신이 두려워하는 것은 "타인의 눈이나 사회의 벌"(130면)뿐이라고 말한다. 자신의 추악함이나 수치스러운 행동이 다른 사람들에게 발각되는 것만을 두려워하기 때문에 발각되지 않은 죄에 대해서는 별다른 양심의 가책이나 부끄러움을 느끼지 않는다. 그가 생체해부에 가담하게 된 연유도 사람을 산 채로 죽이는 잔혹한 일을 저지르고서 과연 자신이 양심의 가책으로 괴로워할지가 궁금했기 때문이다. 그러나 결국 토다가 깨닫게 되는 것은 자신이 여전히 아무런 아픔이나 가책을 느끼지 못한다는 사실과 내면의 양심 없이 세상의 벌만으로는 아무것도 변하지 않는다는 사실뿐이다.

토다의 말을 빌리면 인간은 자신의 등을 떠미는 운명과 같은 힘에서 도저히 벗어나지 못한다. 그 힘에서 벗어나게 해주는 것이 바로 신이라고 한다면 신을 믿지 않는 일본인은 운명과 같은 힘의 소용돌이에 휩쓸릴 수밖에 없다. 이는 전쟁이 끝나고 10여년이 지나서 스구로가 "어쩔 도리가 없었으니까. 그때도 그랬지만 앞으로도 자신이 없어. 앞으로도 같은 상황에 처한다면 난 또 그렇게 할지 몰라"(32면) 하고 힘없이 중얼거릴 수밖에 없는 이유이기도 하다.

또 하나, 이 작품을 이해할 때 빼놓을 수 없는 것은 바로 바다가 무엇을 의미하는가 하는 점이다. 소설 안에서 다양한 모습으로 등장하는 바다는 인물들의 내면과 연동해 그들의 갈등과 의식세계를 가시화하는 역할을 한다. 엔도오 자신이 "바다의 의미를 독자에게 전달하기 위해 두번에 걸쳐 장황한 묘사를 반복해야만 했다"라고 말한 바 있으며, 더욱 구체적으로 "은총의 바다라 해도 좋고, 사랑의 바다라 해도 좋지만 인간 내부의 독약과 대치되는 것입니다"라는 설명을 하기도 했다. 이처럼 작품 이해에서 중요한 위치를 차지하고 있는 바다는 운명, 일본인의 마음, 무한함, 신, 신의 은총, 신의 부재, 범신성 등, 실로 다양한 의미로 해석되고 있으며, 흥미로운 사실은 동일한 바다임에도 '신'과 '신의 부재' 등 정반대의 의미로도 해석될 수 있다는 점이다. 그렇기에 바다가 무엇을 의미하는지에 대해서는 아무래도 작품을 읽는 독자 각자의 몫으로 돌려야겠다.

끝으로 번역과 관련해 원문의 사투리를 어떻게 처리할 것인가 하는 문제가 간단치 않았음을 언급하고 싶다. 작품의 주요 무대가 되고 있는 F시는 큐우슈우의 후꾸오까로 토다의 출신지인 칸사이(關西) 사투리를 살려야 할지 아니면 표준어로 처리해야 할지 많은 고민을 했다. 특정 사투리로 옮겨진 번역서를 독자의 입장에서 접했을 때 대부분 아쉬움을 느꼈던 터라 개인적으로는 더 많은 사람들이 쉽고 편하게 읽을 수 있는 표준어로 번역하는 게 바람직하다고 생각해왔다. 그리고 무엇보다도 문제는 한국 내 특정 지역의 방언으로 옮겨진다고 해도 원작의 F 시나 칸사이 방언의 느낌이 그대로 전달될 수는 없다는 점이다. F 시는 F 시일 뿐 경상도나 전라도의 어디가 될 수는 없기 때문이다. 이를 섣불리 특정 사투리로 바꾸면 오히려 원작의 분위기가 훼손될 우려가 있는 것이다.

오랜 고심 끝에 상당 부분을 차지하는 F 시 사투리는 특별한 경우, 이를테면 낯선 F 시 사투리를 쓰고 있다는 지문이 있는 경우 등을 제외하고는 표준어로 번역하였다. 단, 칸사이 출신인 토다가 자신의 성장과정을 수기 형태로 기록한 부분과 토다와 스구로가 대화하는 부분은 F 시의 말투와 구분하기 위해 경상도 사투리를 사용하였다. 이는 칸사이 출신인 토다와 학부 때부터 친구 사이인 스구로 두사람이 서로 대화할 때는 우정을 증명하듯 칸사이 사투리를 사용하는 게 습관화되었다는 소설의 상황을 살리는 게 중요하다고 보았기 때문이다.

박유미(충남대 일어일문학과 강사)

작가연보

1923년 3월 27일, 토오꾜오 스가모(巢鴨)에서 아버지 쯔네히사(常久)와 어
머니 이꾸꼬(郁子)의 차남으로 태어남.

1926년 아버지의 전근으로 가족이 중국 다롄(大連)으로 이주.

1929년 다롄의 초등학교에 입학. 성실하게 바이올린을 연습하고 만주족 하
녀를 상냥하게 대하는 어머니에게 경의를 품음. 반면 우등생인 형
과 비교하며 설교하는 아버지로 인해 열등의식과 콤플렉스를 느낌.

1932년 부모의 불화로 암울한 소년기를 보냄. 처음으로 쓴 작문이 『다롄
신문(大連新聞)』에 실리자 어머니는 그 신문을 오려 세상을 뜰 때
까지 간직함. 열등생이었던 엔도오에게 어머니만은 대기만성할
거라며 격려해줌.

1933년	부모의 이혼으로 어머니를 따라 형과 함께 귀국. 가톨릭 신자인 이모의 권유로 어머니와 함께 가톨릭 교회에 다님.

1933년 부모의 이혼으로 어머니를 따라 형과 함께 귀국. 가톨릭 신자인 이모의 권유로 어머니와 함께 가톨릭 교회에 다님.

1935년 사립 나다(灘) 중학교에 입학함. 어머니를 비롯해 형과 엔도오 모두 세례를 받음.

1940년 제3고등학교 입학시험에 실패하여 재수를 함. 제1고등학교 졸업 후 토오꾜오 대학에 입학한 형은 세따가야 쿄오도오(世田谷経堂)의 아버지 집에서 생활.

1941년 4월, 조오찌(上智) 대학 예과에 합격. 이 무렵 일본 소설과 외국 소설을 탐독하고 소설의 재미를 알게 되면서 훗날 문학에 입문하는 계기가 됨.

1942년 2월, 조오찌 대학 예과를 자퇴하고 재차 대학입시 공부를 하나 연이어 실패. 토오꾜오 대학을 졸업한 형은 체신성(遞信省) 입사 후 바로 입대. 어머니의 경제적 부담을 덜어주고자 아버지 집으로 옮김. 이 일로 어머니를 배신했다는 가책을 느낌.

1943년 4월, 케이오오기주꾸(慶應義塾) 대학 문학부 예과에 입학. 그러나 아버지가 명령한 의학부 시험을 보지 않아 의절당하고 아버지 집에서 나와 아르바이트하며 생활함. 가톨릭 철학자 요시미쯔 요시히꼬(吉満義彦)가 사감으로 있는 가톨릭 학생 기숙사에 들어감. 요시미쯔의 영향으로 자끄 마리땡(Jacques Maritain)의 작품을 읽고, 기숙사 친구 마쯔이 요시노리(松井慶訓)의 영향으로 릴케와 독일 낭만파의 작품을 읽게 됨. 요시미쯔의 소개로 호리 타쯔오(堀辰雄) 등과 교류. 특히 호리 타쯔오와의 만남은 훗날 엔도오의 문학자로서의 삶에 큰 영향을 끼침.

1945년   프랑스 문학에 관심을 갖게 됨. 헌책방에서 우연히 발견한『프랑스 문학 소묘』의 저자인 사또오 사꾸(佐藤朔)가 케이오오기주꾸 대학 불문학과 강사인 것을 계기로 같은 학과에 진학. 늑막염으로 인해 1년 연기되었던 입대를 얼마 남겨두지 않고 전쟁이 끝남. 종전 후 대학으로 돌아감. 호리 타쯔오의 소개로 병으로 휴직하고 요양 중이던 사또오 사꾸 자택에서 강의를 받으며 프랑스 현대 가톨릭 문학에 관심을 가짐.

1947년   12월, 처음으로 쓴 평론「신들과 신과(神々と神と)」가『시끼(四季)』제5호에 게재되면서 비평가로 데뷔. 사또오 사꾸의 추천으로 평론「가톨릭 작가의 문제(カトリック作家の問題)」를『미따분가꾸(三田文學)』에 발표한 것을 계기로 이후 다수의 평론을 발표.

1948년   3월, 대학 졸업. 6월, 사또오 사꾸의 추천으로 출판사 카마꾸라분꼬(鎌倉文庫)에서 임시직으로 일하며『20세기 외국문학사전』의 편찬을 도움.

1949년   형, 어머니와 함께『가톨릭 다이제스트(カトリック・ダイジェスト)』일본어판 편집을 도움.

1950년   6월, 종전 후 최초의 유학생이 되어 프랑스로 감. 리옹 대학에 입학하여 프랑스 현대 가톨릭문학을 연구하나 오히려 그리스도교에 대한 거리감이 생김. 공부와 더불어 평론활동도 계속함. 오오꾸보 후사오(大久保房男)의 호의로 프랑스 대학생활에 대한 에세이를『군조오(群像)』에 발표.

1951년 8월, 프랑수아 모리아끄의 작품 『떼레즈 데께이루』(*Thérèse Desquey-roux*)의 무대인 랑드 지방을 도보로 여행. 11월부터 『가톨릭 다이제스트』에 「시골뜨기의 프랑스 여행」을 다음해 7월까지 연재.

1952년 폐결핵으로 6월부터 9월까지 프랑스 꽁부르의 국제학생요양소에서 지냄. 12월에 폐결핵이 악화되어 병원에 입원하였고 죽음의 문턱을 넘나드는 경험을 함.

1953년 유학을 포기하고 귀국한 후 1년간 매주 기흉 치료를 받으러 다님. 4월, 『가톨릭 다이제스트』의 편집장이 됨. 7월, 유학 중에 『군조오』에 발표한 에세이를 모아 첫 에세이집 『프랑스의 대학생(フランスの大學生)』을 하야까와쇼보오(早川書房)에서 출간. 12월, 어머니가 뇌일혈로 쓰러져 사망. 임종을 지키지 못해 자책함.

1954년 4월, 분까가꾸인(文化學院)의 강사가 됨. 이 무렵부터 본격적으로 작품활동을 시작하여 11월에 처음으로 소설 「아덴까지(アデンまで)」를 『미따분가꾸』에 발표.

1955년 7월, 「백색인(白い人)」(『킨다이분가꾸(近代文學)』5, 6월호)으로 제33회 아꾸따가와상을 받음. 이를 전후로 같은 상을 받은 야스오까 쇼오따로오(安岡章太郎), 요시유끼 준노스께(吉行淳之介), 쇼오노 준조오(庄野潤三) 등과 함께 '제3의 신인(第三の新人)'이라 불림. 9월, 2년 넘게 교제한 후배 오까다 준꼬(岡田順子)와 결혼. 「황색인(黃色い人)」을 『군조오』에 발표. 12월에 첫 단편집 『백색인·황색인(白い人·黃色い人)』을 코오단샤(講談社)에서 발간.

1956년 첫 장편 『푸르고 작은 포도(青い小さな葡萄)』를 『분가꾸까이(文學

界)』에 연재. 6월, 장남이 태어나 류우노스께(竜之介)라 이름 지음.

1957년 3월, 후꾸오까(福岡)에 가서 큐우슈우(九州) 대학 의학부 등을 취재. 큐우슈우 대학 생체해부 사건을 소재로 한 소설『바다와 독약(海と毒薬)』을『분가꾸까이』에 연재. 이 작품이 높은 평가를 받아 문단에서의 위치를 확고히 함.

1958년 최초의 신앙 에세이『성서 속 여성들(聖書の中の女性たち)』을『부인화보(婦人畫報)』에 연재하기 시작.『바다와 독약』출간. 12월,『바다와 독약』으로 제12회 마이니찌 출판문화상, 제5회 신쪼오샤 문학상 수상.

1959년 1월부터『분가꾸까이』에 장편『화산(火山)』을 연재. 3월, 장편 유머소설『바보 씨(おバカさん)』를『마이니찌(每日) 신문』에 연재. 9월,「싸드전」을『군조오』에 발표. 11월, 싸드에 대한 공부 부족 등을 이유로 부인과 함께 프랑스, 영국, 에스빠냐, 이딸리아, 그리스를 돌아봄. 예루살렘을 순례하고 이집트를 들러 이듬해 1월에 귀국.

1960년 4월, 폐결핵 재발로 입원. 6월, 병상에서 장편 유머소설『수세미 군(ヘチマ君)』을 지방지(地方紙)에 연재.

1961년 1월 7일에 처음으로 폐수술을 받고 2주 후에 두번째 수술을 받지만 실패로 끝남. 죽음과 직면한 투병생활 가운데 키리시딴(キリシタン)*에 관한 책을 다수 읽음. 12월의 세번째 수술은 심장이 한때 멎는 위기가 있었으나 성공적으로 끝남.

---

* 무로마찌(室町) 시대에 일본에 전해진 가톨릭과 그 신도를 가리키는 역사적 용어.

1962년	2년 반의 입원생활을 마치고 퇴원하지만 짧은 에세이 이외에는 작품활동을 하지 못함.
1963년	1월, 장편『내가 버린 여자(わたしが棄てた女)』를『주부의 벗(主婦の友)』에 연재하기 시작. 3월, 타마가와가꾸엔(玉川學園)으로 이사한 후 새 집을 '코리안(狐狸庵)'이라 이름 붙이고 '코리안산진(狐狸庵山人)'이라는 아호를 사용.
1964년	봄에 나가사끼(長崎)를 여행하다 우연히 주우로꾸반깐(十六番館)에서 검은 발가락 자국이 있는 후미에(踏絵)*를 보고 소설로 쓰고 싶다는 생각을 함.
1965년	7월,『코리안 한담(狐狸庵閑話)』출간. 장편『침묵(沈黙)』의 초고를 씀. 취재차 방문한 것을 비롯해 몇차례에 걸친 여행을 통해 나가사끼가 점차 '마음의 고향'으로 자리 잡음.
1966년	3월, 장편『침묵』을 신쬬오샤에서 간행. 인간과 고통을 함께 나누는 모성적 그리스도상이 감동을 불러일으켜 베스트셀러가 되나 배교를 부추기는 듯한 표현이 오해를 사 교회 일부로부터 비판을 받기도 함. 10월,『침묵』으로 제2회 타니자끼 준이찌로오(谷崎潤一郎) 상을 받음.
1967년	5월, 일본문예협회 이사가 됨. 8월, 뽀르뚜갈에서 기사훈장(騎士勳章)을 받음. 순교한 성 빈센트의 삼백년제(三百年祭)에서 기념연설을 함.

---

* 에도(江戶) 시대에 그리스도교인을 색출하기 위해 밟도록 했던 예수나 마리아 상을 새긴 널판.

1968년   1년 약정으로『미따분가꾸』의 편집장이 되어 첫호인 신년호가 매
         진되는 등의 성과를 올림. 4월, 아마추어 극단「키자(樹座)」결성.

1972년   3월에 로마를 방문하여 로마 교황 바오로 6세를 만남. 그뒤 신작
         장편『사해의 주변(死海のほとり)』을 마무리 짓기 위해 세번째로
         이스라엘을 방문. 10월, 일본문예가협회 상임이사가 됨.

1973년   6월에『사해의 주변』, 10월에『예수의 생애(イエスの生涯)』를 신쪼
         오샤에서 간행.『게으름뱅이 인간학(ぐうたら人間學)』등 '게으름
         뱅이 씨리즈'가 인기를 끌어 '코리안 붐'이 일어남.

1974년   7월, 코오단샤에서『엔도오 슈우사꾸 문고(遠藤周作文庫)』(전50권,
         별권 1) 간행이 시작되어 1978년 2월에 완간.

1975년   2월, 신쪼오샤에서『엔도오 슈우사꾸 문학전집(遠藤周作文學全
         集)』(전11권) 간행이 시작되어 12월에 완간.

1976년   취재를 위해 한국을 방문하여 부산, 경주, 울산 등을 돌아보고 귀
         국. 12월, 폴란드 아우슈비츠 수용소를 방문하여 콜베 신부가 순
         교한 아사실(餓死室)에 '주여 불쌍히 여기소서'라고 쓴 작은 돌을
         바침.

1977년   편집을 맡은『그리스도교 문학의 세계(キリスト敎文學の世界)』(전
         22권) 간행이 시작됨.「예수가 그리스도가 되기까지(イエスガキリ
         ストになるまで)」를『신쪼오』에 연재하기 시작해 이듬해 9월『그리
         스도의 탄생(キリストの誕生)』으로 출간.

1978년   6월,『예수의 생애』로 국제 다그 함마르셸드 상을 받음.

1979년   『그리스도의 탄생』으로 요미우리(讀賣) 문학상과 예술원상을 받

음. 46년 만에 중국 다롄을 방문해 유소년기를 보낸 집을 방문.

1980년   가정부로 일한 젊은 여성이 골수암으로 입원한 뒤 계속되는 검사에 시달리다 세상을 뜨는 것을 보고 훗날 '마음 따스한 의료(心あたたかな医療)' 캠페인을 벌이게 됨.

1981년   예술원 회원이 됨.

1982년   4월, 『환자의 작은 소원(患者からのささやかな願い)』이 『요미우리 신문』에 연재되어 큰 반향을 불러일으키면서 엔도오 볼런티어(volunteer) 그룹이 탄생함.

1985년   일본펜클럽 제10대 회장에 취임. 미국 싼타클라라 대학에서 명예박사 학위 받음.

1986년   10월, 영화 「바다와 독약」 개봉. 제13회 베를린 국제영화제 심사위원 특별상인 은곰상 수상.

1987년   5월, 미국 조지타운 대학에서 명예박사 학위 받음. 11월, 『침묵』의 무대인 나가사끼현 소또메쪼오(外海町)에 '침묵의 비(沈黙の碑)'가 완성되어 제막식에 참석. 비에는 '인간이 이렇게 슬픈데 주여, 바다가 너무나도 파랗습니다'라는 글이 새겨져 있음.

1989년   4월, 일본펜클럽 회장 사임. 12월, 부친이 93세로 세상을 뜸. '노인을 위한 노인에 의한 볼런티어'를 제창하여 볼런티어 그룹 '은의 모임(銀の会)' 발족.

1990년   2월, 신작 취재를 위해 인도를 여행함. 8월에 장편 『깊은 강(深い河)』의 창작일기를 쓰기 시작함.

1991년   1월, 『미따분가꾸』 이사장 취임.

1992년	9월, 장편『깊은 강』의 초고 완성. 신부전 진단을 받음.
1993년	5월, 병원에 입원하여 복막투석 수술을 받음. 이후 3년 넘도록 투병생활이 이어짐. 6월,『깊은 강』을 코오단샤에서 간행.
1994년	『깊은 강』으로 마이니찌 예술상 수상.『깊은 강』이 영국에서 번역 출간됨.
1995년	4월, 건강악화로 입원. 5월, 코오단샤에서『엔도오 슈우사꾸 역사소설전집(遠藤周作歷史小說全集)』(전7권) 간행이 시작됨. 9월, 뇌출혈로 쓰러져 말을 하지 못하게 됨. 11월, 문화훈장 받음.
1996년	4월, 신장병 치료를 위해 케이오오 병원에 입원. 한때 기적적으로 상태가 좋아져 작품을 구술하기도 했으나, 9월 29일 폐렴으로 사망. 관에는 유지에 따라『침묵』『깊은 강』두 작품을 넣음. 유골은 후쭈우(府中)의 가톨릭 묘지에 있는 엔도오 가족묘에 매장됨.

고전의 새로운 기준, 창비세계문학

오늘날 우리는 인간의 존엄과 개성이 매몰되어가는 시대를 살고 있다. 물질만능과 승자독식을 강요하는 자본주의가 전지구적으로 확산되면서 현대사회는 더 황폐해지고 삶의 질은 크게 훼손되었다. 경제성장만이 최고의 선으로 인정되고 상업주의에 물든 문화소비가 삶을 지배할수록 문학은 점점 더 변방으로 밀려나고 있다. 삶의 본질을 성찰하는 문학의 자리가 위축되는 세계에서는 가진 자와 못 가진 자 할 것 없이 모두가 불행할 수밖에 없다.

이 시대야말로 인간답게 산다는 것의 의미가 무엇인지 근본적인 화두를 다시 던지고 사유의 모험을 떠나야 할 때다. 우리는 그 여정에 반드시 필요한 벗과 스승이 다름 아닌 세계문학의 고전이라는 점을 강조한다. 고전에는 다양한 전통과 문화를 쌓아올린 공동체의 경험이 녹아들어 있고, 세계와 존재에 대한 탁월한 개인들의 치열한 탐색이 기록되어 있으며, 새로운 세상을 꿈꾸는 아름다운 도전과 눈물이 아로새겨 있기 때문이다. 이 무궁무진한 상상력의 보고이자 살아 있는 문화유산을 되새길 때만 개인의 일상에서 참다운 인간적 가치를 실현하고 근대적 삶의 의미와 한계를 성찰하는 지혜를 얻을 수 있을 것이다.

'창비세계문학'은 이러한 문제의식에서 출발한다. 세계문학의 참의미를 되새겨 '지금 여기'의 관점으로 우리의 정전을 재구성해야 할 필요성이 그 어느 때보다 절실하다. '정전'이란 본디 고정된 목록으로 존재하는 것이 아니라 그때그때 주어진 처소에서 새롭게 재구성됨으로써 생명을 이어가는 것이다. 우리는 먼저 전세계 문학들의 다양성과 차이를 존중하면서 국가와 민족, 언어의 경계를 넘어 보편적 가치에 기여할 수 있는 가능성에 주목하고자 한다. 근대를 깊이 성찰한 서양문학뿐 아니라 아시아와 라틴아메리카, 중동과 아프리카 등 비서구권 문학의 성취를 발굴하고 재평가하는 것 역시 세계문학의 지형도를 다시 그리려는 창비의 필수적인 작업이 될 것이다.

여러 전집들이 나와 있는 세계문학 시장에서 '창비세계문학'은 세계문학 독서의 새로운 기준이 되고자 한다. 참신하고 폭넓으면서도 엄정한 기획, 원작의 의도와 문체를 살려내는 적확하고 충실한 번역, 그리고 완성도 높은 책의 품질이 그 기초이다. 독서시장을 왜곡하는 값싼 유행과 상업주의에 맞서 문학정신을 굳건히 세우며, 안팎의 조언과 비판에 귀 기울이고 독자들과 꾸준히 소통하면서 진정 이 시대가 요구하는 세계문학이 무엇인지 되묻고 갱신해나갈 것이다.

1966년 계간 『창작과비평』을 창간한 이래 한국문학을 풍성하게 하고 민족문학과 세계문학 담론을 주도해온 창비가 오직 좋은 책으로 독자와 함께해왔듯, '창비세계문학' 역시 그러한 항심을 지켜나갈 것이다. '창비세계문학'이 다른 시공간에서 우리와 닮은 삶을 만나게 해주고, 가보지 못한 길을 걷게 하며, 그 길 끝에서 새로운 길을 열어주기를 소망한다. 또한 무한경쟁에 내몰린 젊은이와 청소년들에게 삶의 소중함과 기쁨을 일깨워주기를 바란다. 목록을 쌓아갈수록 '창비세계문학'이 독자들의 사랑으로 무르익고 그 감동이 세대를 넘나들며 이어진다면 더없는 보람이겠다.

2012년 가을
창비세계문학 기획위원회
김현균 서은혜 석영중 이욱연 임홍배 정혜용 한기욱

창비세계문학 28

바다와 독약

초판 1쇄 발행/2014년 2월 10일
초판 5쇄 발행/2024년 8월 19일

지은이/엔도오 슈우사꾸
옮긴이/박유미
펴낸이/염종선
책임편집/권은경·김성은
펴낸곳/(주)창비
등록/1986년 8월 5일 제85호
주소/10881 경기도 파주시 회동길 184
전화/031-955-3333
팩시밀리/영업 031-955-3399 편집 031-955-3400
홈페이지/www.changbi.com
전자우편/lit@changbi.com

한국어판 ⓒ (주)창비 2014
ISBN 978-89-364-6428-8 03830